Cendrillon BALANCE TOUT

Direction éditoriale : Stéphane Chabenat
Éditrice : Zoé Laboret
Conception graphique et mise en pages : Florence Cailly
Conception graphique de la couverture : 2Li
Illustration de couverture : Samuel Rimbault

Les Éditions de **l'Opportun**
16, rue Dupetit-Thouars
75003 Paris
www.editionsopportun.com

Sandrine O.

Cendrillon BALANCE TOUT

Aux miennes,

Aux miens,

Je vous aime infiniment.

Moi, *Cendrillon*, dans le désordre : maman raide dingue de ses gosses ingrats, *working girl*, féministe convaincue rattrapée par la réalité, épouse comblée (on ne sait jamais, des fois qu'il se décide à lire ce bouquin), qui fait pipi la porte ouverte au cas où des extraterrestres en profiteraient pour débarquer dans le seul but de kidnapper sa progéniture (bah quoi !? Ça arrive, je vous ferais dire !), ramasseuse de chaussettes sales, réchauffeuse de plats Picard étoilée au guide des Michelines, maman qui a le pouvoir d'invisibilité quand elle demande à ses enfants de ranger leurs affaires, *hot mom* (dans mes rêves !), *taxi driver* pour ses gosses *overbookés* (ils ont une vie sociale dix fois plus intense que la mienne – ça craint !), peau de vache un peu, parfois, juste ce qu'il faut, super copine, belle-fille (beurk !), belle-sœur (beurk ! beurk !), maman des enfants les plus mignons du monde (trois minutes par jour), chercheuse d'objets en tout genre pour mari qui ne trouve jamais rien, maman raide dingue tout court, conductrice qui dit des gros mots devant ses mômes pour ensuite leur expliquer qu'il ne faut jamais en dire (en même temps le « trou du cul », c'est une partie de notre anatomie, c'est limite de la pédagogie !), maman qui rêve d'une semaine seule sur une île déserte loin, très loin de ses enfants qu'elle adorera de loin, très loin, très, très loin...

SOMMAIRE

TRUCMUCHES TECHNICO-JURIDICO-MÉDICO-LÉGAUX

L'auteure décline toute responsabilité quant aux réactions des lecteurs et lectrices. Les prises de conscience soudaines, les « C'est vrai qu'il fait ça, mon mec, il faut que ça change ! », « Ma mère me l'avait bien dit ! », « Pourquoi j'ai fait des gosses ?! », etc., ne seront aucunement de sa responsabilité.

Si cette histoire est basée sur des faits réels grossis x10 et une mauvaise foi assumée, il est entendu qu'elle est aussi bourrée d'allusions graveleuses, de mots inventés de toutes pièces, de gros mots et de préjugés. Toute ressemblance avec des personnes partageant la vie de l'auteure serait une coïncidence malheureuse (Je t'aime mon amour. Je vous aime mes enfants. Je vous aime ma famille et mes ami(e)s). OUI, je fais ma lèche-bottes, mais bon, je vous signale que j'ai une vie moi, après ce bouquin !).

Ce livre est déconseillé aux personnes cardiaques, à celles ayant une peur farouche de l'accouchement, ou aux individus nés sans humour (j'en profite pour dire qu'on ne parle pas assez de ce handicap).

L'auteure présente, par avance, ses plus sincères excuses aux psyyys, aux enfants et à la gente masculine sur qui elle va casser beaucoup de sucre, gratuitement, juste pour rire. Les enfants, vous êtes l'espoir de l'humanité. Ne grandissez pas trop vite, et restez merveilleux le plus longtemps possible ! Messieurs, sans vous, nous, les filles, serions comme le sel sans le poivre, le pôle Nord sans le Sud, la moule sans le rocher. Mais non, vous n'êtes pas ~~toujours~~ du tout comme je vous ai décrits. Ça n'empêche pas quelques petites améliorations, pensez-y ! OUI, c'est vrai, je vous l'accorde, j'aurais pu écrire sur vos qualités, mais le but était de pondre un livre d'une centaine de pages minimum – il me fallait donc de la matière. La prochaine fois, si je vise un autre type d'objet littéraire, genre un flyer ou un post-it, j'y penserai, promis craché !

CHAPITRE 1

Il était une fois une Princesse
qui vivait dans un royaume
~~dés~~enchanté et qui en avait ras le
popotin que les contes de fées ne
racontent que des bobards !

Par quoi je commence…

Euuuh… Pfff… Euuuh… Oh ça va, hein ! Attendez un peu ! On n'est pas à la minute, si ? Soyez sympas, merde alors ! Vous croyez que c'est facile ?! Je vous signale que j'ai un milliard de trucs en tête, MOI, donc PARDOONN si j'ai un peu de mal à faire le tri !

Si vous voulez, je vous montre ma « TO DO LIST » rien que pour cet aprèm, vous allez comprendre ! Je vous la colle en annexe[1], tiens, ça vous apprendra ! On devrait dire un *agenda de maman* au lieu d'un *agenda de ministre*, c'est moi qui vous le dis, ce serait mille fois plus explicite !

Et pi' autant que je vous le dise immédiatement – de toute manière, je n'arriverai pas à vous le dissimuler très longtemps, je suis un peu brouillon… Voilà, c'est dit !

C'est parce que ça mouline trop vite dans mon ciboulot…

---

1. Voir en p.49.

Brouillon, brouillon... Oh c'est rigolo, ça rime avec mon prénom. Mon prénom ! EURÊKA ! Je vais commencer par me présenter. C'est bien, ça... Se présenter...

Je m'appelle *Cendrillon*.

J'ai été un peu mise au rencard, depuis qu'une nénette givrée chante à qui veut l'entendre qu'elle est libérée et délivrée – attends d'avoir un mari et des gosses ma cocotte ! –, néanmoins, je pense que vous avez tous une vague idée de qui je suis.

À moins bien sûr que vous ayez été élevés dans un bunker par des survivalistes au fin fond de le Caroline du Sud, et là je ne peux plus grand-chose pour vous.

C'est quoi leur délire à ceux-là, d'ailleurs ?!

— Eh mec ! (à prononcer avec l'accent sudiste). Moi, je dors avec un masque à gaz et un flingue sur ma table de chevet, comme ça, quand les zombies mangeurs de cervelles végétariens, terroristes, écologistes, anticapitalistes, gays, communistes, féministes, mexicains, attaqueront, j'serai paré !

Euh, ça va dans ta tête ? Vous êtes plusieurs à y habiter ou quoi ?!

Oh et puis, après tout, qui suis-je pour te juger ? Pfff ! Vas-y, mon gars, il faut croire en ses rêves ! Bon, pour être totalement franche, les zombies, j'accroche moyen-moyen. Je ne voudrais surtout pas paraître défaitiste ou rabat-joie, mais je me dis que parmi tous les dangers qu'encourt le monde, celui-ci n'est pas le plus réaliste. Pour ma part, j'opte plutôt pour une petite catastrophe industrielle, effet direct de notre surproduction et de notre surconsommation, qui entraînera bien sûr l'implosion de nos centrales nucléaires. Et je t'accorde qu'au moment où la Terre sera entièrement dévastée, lorsqu'il n'y aura plus âme qui vive, ni être humain, ni végétation, ni espèce animale, ou alors en très piteux état, genre :

— ***Bonyour, ye chuis un lapinou radioactif, alors yi tou me manyes, une corne va te poucher au milieu dou front !***

(Oui, c'est comme ça que parlent les lapins radioactifs, faites-moi confiance !), et quand DONC il n'y aura plus RIEN qui ait le moindre intérêt – ni loisirs, ni transports, ni restaurants, ni magasins (je souligne l'évidence parce que j'ai comme-qui-dirait l'impression que tu as loupé un épisode), TOI, tu seras sauf (je ne parie pas sur le « sain »), cloîtré dans ton bunker, six pieds sous terre, à manger des flageolets en boîte en te tapant sur le ventre et en t'esclaffant : « C'est qui qu'avait raison ?! C'est Bibiiii ! ». Oui, vas-y, passe ta vie à collectionner les armes à feu, les conserves et à soutenir les théoriciens du complot, au lieu de dépenser ton énergie à préserver la planète et à prôner la paix, le jeu en vaut vraiment la chandelle !

Enfin j'avoue... Si demain je croise un zombie m'annonçant l'invasion de la Terre par ses petits copains, je ferai moins la maligne... Toutefois, à l'allure où ils vont, j'estime que j'aurai une chance de leur échapper, à moins de les attendre comme ces imbéciles dans les films qui restent figés en hurlant :

« Oooh mon Dieu, je vais me faire bouffer ! Je les vois tout là-bas. Ils arrivent. Avant de mourir, je voudrais vous remercier, ma famille et mes amis, pour cette vie merveilleuse que j'ai partagée à vos côtés. J'aurais eu tellement de choses à vous dire, mais je n'ai plus le temps et vous vous êtes fait manger hier, alors je suppose que vous vous en fichez comme de vos premières chaussettes. Oh la la la la, ils seront bientôt ICI ! Juste face à moi. Je dois m'enfuir. Trop tard. Ça y est, ils sont… »

Non, franchement, si ma fin n'est pas écrite par un scénariste hollywoodien – et malheureusement, je ne suis pas à l'abri que l'un d'entre eux le fasse, je crois que je pourrais semer un zombie les doigts dans le nez. Pourtant je suis si mauvaise à la course que j'ai perdu face à un enfant de trois ans et un unijambiste en béquilles, pas plus tard que la semaine dernière ! Ce n'est pas faute d'avoir essayé de lui faire un croche-patte. Euh, pas à l'unijambiste, je ne suis pas une psychopathe ! Je respecte les personnes handicapées, moi ! Au gamin, évidemment !

Pour ma défense, je précise que faire pipi dans ma culotte en mode chute du Niagara dès que je pique un sprint, dès que je rigole aussi, que je tousse, que j'ai le hoquet, que je respire trop fort... Ça ne m'aide pas à être une athlète...

Eh OUI, les copains, révélation N°1 à mon sujet, j'ai accouché de bébés qui avaient des têtes grosses comme des cucurbitacées – les connaisseurs auront repéré la subtile allusion à la citrouille. Ce légume aura décidément marqué mon existence. Ce serait à refaire, croyez-bien que j'en aurais choisi un avec une circonférence moindre... Une petite tomate par exemple.

Résultat : un périnée flagada, un ! Je sais. Ce n'est pas très glamour. Dites-le que je vous déçois... Mais siii, lâchez-vous ! Cette nouvelle égratigne forcément l'image de la jolie jeune femme que je suis censée représenter à vos yeux : mince, douce, généreuse, polie et délicate, qui a tiré le gros lot en rencontrant son Prince Charmant.

Mais voyez-vous, c'est justement pour cette raison que je prends la plume aujourd'hui. J'en ai ma claque de toutes ces conneries !

Il s'est dit pas mal de choses sur moi. Et chacun y est allé de sa version... À qui son film, son livre, son dessin animé, sa BD, sa psychanalyse. Il y a eu des vérités – effectivement je suis canon, loin de moi l'idée de le nier et de toute manière impossible de le cacher. Mais il y a eu aussi pas mal de gros bobards sur mon compte. Et j'ai bien l'intention de rectifier le tir !

Pourquoi s'embarque-t-elle
là-dedans ?

Je sais que c'est ce que vous vous dites, pas la peine de me le cacher ! Bah oui, j'entends vos pensées ! Eh oh du bateau, je sors tout droit d'un conte de fées, où tout est possible, je vous rappelle ! Je parle aux animaux de la forêt aussi, et ma marraine est une fée – ça y est, vous y êtes ! Vous ne seriez pas un peu lents ? C'est bon à savoir, je vais tenter de m'adapter...

CHAPITRE 1

JE – VOUS – EN – TENDS.

Et je n'en crois pas mes oreilles !

Y'en a même une qui a rajouté :

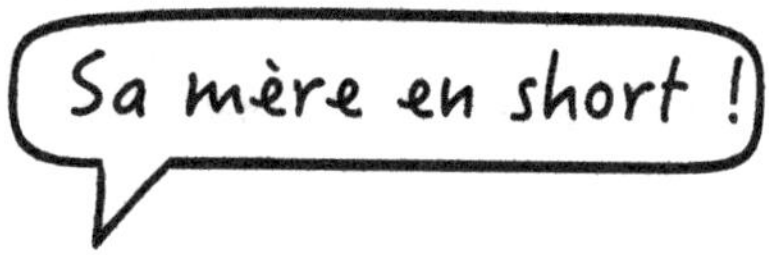

Alors d'une, pas touche à ma mère ! Elle fera l'objet d'une œuvre en dix volumes : « Comment mon psyyy s'est payé une piscine ».

De deux, si je vous suis, vous n'avez jamais, jamais déguisé votre fille en Princesse ou votre gars en chevalier servant – ni même vos neveux ? Votre sœur ? Votre frère ? Votre mec ? Votre patron ? C'est sûr ?! Vous avez également mis un point d'honneur à ce qu'ils ne visionnent pas les contes repris par les studios Disney en boucle. Et bien sûr, vous leur avez dit toute la vérité sur la vie en vrai : sur les aléas du mariage, sur l'accouchement version « Au secours ! Un alien veut sortir de moi et Sigourney Weaver n'est pas là pour me sauver, mais qu'est-ce qu'elle fout, cette conne ?! », sur les dangers d'internet, sur la faim dans le monde, les tsunamis, etc... et sur la belle-famille (vous noterez le classement, tirez-en les conclusions que vous souhaitez. Je vous donne un indice : j'ai été crescendo).

De trois, je crois qu'il est légitime que je veuille rétablir la vérité à mon sujet – c'est **MA VIE**, CROTTE DE DROMADAIRE[2] !

De quatre, aux filles qui ont fait « psyyy » : arrêtez de vous la péter, on sait pertinemment que vous avez presque toutes choisi cette filière parce que vous ne saviez pas quoi faire... « Psycho, ça sonne trop bien et en plus ça va m'aller comme un gant parce que je suis très très intuiiitiveee ».

(Euh attendez, il faut peut-être que je compte le nombre de lectrices que je vais potentiellement perdre avant d'écrire ça...)

Après une réflexion approfondie, Cendrillon retire ses propos inadmissibles et incohérents, parce qu'elle est lâche et arriviste – merci de votre compréhension.

De cinq, vous n'en avez pas marre qu'on fasse avaler des couleuvres aux gamins dès leur plus tendre enfance, vous ? MOI, SI !

2. « Dromadaire » vient de remplacer tous les gros mots dans mon vocabulaire, parce que je devais trop de tunes à mes gosses – Voir *Les Bons Conseils de Cendrillon* p. 206. Pardon à tous les dromadaires, rien de perso !

Car les conséquences sont bien plus catastrophiques qu'on ne le pense…

PETIT RAPPEL

Dans le conte de fée qui me met en scène, j'attends désespérément qu'un Prince, beau mec, riche (parce que c'est connu, y'a que ça qui intéresse les nanas et pi' elles sont trop bêbêtes pour gagner leurs propres pépettes ! Grrr !), doux et intelligent, vienne me délivrer de ma méchante marâtre et de mes demi-sœurs, pour qu'enfin nous vivions heureux ensemble le restant de nos jours. Pour ce faire, j'obtiens l'aide de ma marraine... blablabla... Le Prince tombe sous mon charme dévastateur lors d'un bal... Je vous ai déjà dit que j'étais canon !?... Ah oui... Bon... Je perds innocemment ma pantoufle de vair et il retourne le royaume pour me retrouver.

Sans déconner ! Il était sous ecstasy le type qui a écrit ça ou quoi ?!

QUEL BOBARD JE DÉMOLIS EN PREMIER ?

Attendez voir...

Bobard *numero uno*

D'où j'ai besoin d'un Prince pour m'en sortir ?!

Dans quel film il a vu jouer ça, lui ?! Bon, j'dis pas... Avoir un mec, c'est plutôt sympa, surtout pour deux ou trois trucs : le sexe, le soutien mutuel au quotidien (mouais...), le sexe... Et tout le tremblement. J'avoue aussi que j'aurais pu plus mal tomber (on en reparlera mais il est mimi dans l'ensemble...). J'ai pigé aussi le concept de l' « amour est plus fort que tout et patati et patata »... NÉANMOINS (et là, j'essaie de me calmer !), pourquoi il faut absolument me faire passer pour une pauvre fille désemparée, sans aucune expérience (traduction : vierge), qui n'a que des merdouilles dans sa vie ?! Et lui, alors ? Il faisait quoi avant de me rencontrer ? C'était un type accompli ? La réponse est NON ! Il vivait avec pôpamôman dans un grand château, à se faire dorloter toute la journée, et TOC ! Et que je sache, il se trimballait sur son cheval blanc dans les forêts de France et de Navarre à la recherche d'une Princesse à sauver. Pourquoi, s'il est si fort et si beau ? Parce qu'il avait conscience qu'il ne pourrait jamais réussir sa vie sans une femme à ses côtés : MOI en l'occurrence ! C'est lui qui avait besoin d'aide ! C'est sur son front qu'il y avait marqué S.O.S. ! Le soutien mutuel, c'est MOI ! OUI, je suis « mutuelle » à moi toute seule, ET ALORS !

C'est moi la vraie héroïne ! MOI, MOI, MOI... L'histoire aurait dû commencer ainsi : « Il était une fois un Prince pas encore Charmant qui vivait dans les jupes de sa mère et qui ne savait pas se servir de ses dix doigts... ». C'est MOI qui l'ai sauvé de sa misérable existence ! C'est MOI qui ai fait de lui le Charmant qu'il est aujourd'hui. Sans MOI, il fourrerait encore son index dans son nez en public !

Et je peux vous dire, parce qu'on se voit régulièrement avec mes copines Princesses de contes de fées, qu'il n'y en a pas une seule qui n'ait été spoliée de la sorte.

D'ailleurs, il existe un test infaillible pour vous prouver ce que j'avance :

TEST
Vous avez 30 secondes. Interdiction formelle de chercher sur Wikipédia ! C'est parti...

Question 1 : *Le nom de mon jules ?*

Vous ne savez pas, hein ! Je m'en doutais...

Dans ce cas...

Question 2 : *Le prénom d'un autre Prince ? Le mec de Blanche-Neige par exemple ou celui de la Petite Sirène ?*

Toujours pas ? Bien. Dans mon immense clémence, je vous accorde une dernière chance.

Question 3 : *Je valide le test si quelqu'un connaît les initiales du mec de la Belle au bois dormant.*

PERSONNE ?! Vraiment !?

1, 2, 3, c'est fini !

CHAPITRE 1

TEST CONCLUANT !

PERSONNE ne connaît les noms des Princes ou presque ! Par honnêteté intellectuelle, on peut envisager l'existence d'un ou deux obscurs fans dans le monde qui ne les ignorent pas – si, si c'est possible, y'a des gens qui s'ennuient beaucoup dans la vie ! Si ça se trouve, y'en a même qui tiennent des blogs sur le sujet, allez savoir !

Ça montre bien qu'ils ne sont qu'accessoires ces petits cocos ! À l'instar d'un sac à main, un Prince de conte de fées, c'est joli, ça complète une tenue, on tuerait pour en avoir un en solde, mais on pourrait tout aussi bien s'en passer !

Bobard *numero due*

La pantoufle

Euh... Comment dire ? Si j'ai bien compris, je l'aurais perdue et mon mec l'aurait retrouvée. On se fout de la gueule de qui ?! Inutile de vous dire que c'est physiologiquement impossible ! Les hommes ne retrouvent jamais rien... Entendons-nous bien, j'adore mon Prince, mais c'est un modèle lambda – il n'a aucun super pouvoir. Dans la vraie vie, IL perd, JE retrouve. De plus, si j'avais innocemment – sans le faire exprès, par mégarde – perdu un truc pour qu'il se lance désespérément à ma poursuite, je n'aurais jamais choisi une chaussure dans laquelle j'ai transpiré pendant toute une soirée au bal, à moins que le but ait été de le faire fuir pour toujours et à tout jamais ! Si vous voyez ce que je veux dire...

Alors oui, les psyyys vous diront que la pantoufle représente mon vagin à l'hymen intact... En gros, je perds ma virginité juste après le bal. Un petit kir, et youpla boum... Dans un bosquet !

JE M'INSURGE ! Pour qui ils me font passer ! J'ai attendu d'être dans la citrouille !

Et puis, c'est quoi cette histoire de faire essayer ma godasse à toutes les jeunes filles du royaume... Aux petites, aux grosses, aux belles, aux grandes, aux minces, aux moches... En clair, le gars est incapable de me reconnaître ! Il m'a regardée droit dans les seins toute la soirée ou quoi ?!

Et en plus, c'est qui qui rafle toutes les mycoses parce que monsieur a été traîner ici et là avant d'enfin me trouver ?! C'est MOI ! Meeeercccciiii bien la compagnie !

Bobard *numero tre*

Mon Prince est Charmant, comme ça, direct !

C'est un Charmant *prêt à l'emploi - à emporter* en quelque sorte ! À entendre les auteurs qui ont bûché sur mon conte, je n'ai pas fait de retouche. Je n'ai pas changé son look, ni remanié entièrement son éducation.

Sûr de sûr ?! Je n'ai pas eu besoin d'entreprendre le moindre chantier[3] ?! Ha ! Ha ! Ha !

(Rire ironique, pour ceux qui n'ont pas compris. Je m'adapte, je m'adapte...)

3. Chantier : réfection totale du bonhomme. La structure de base - le squelette et les muscles - est conservée. Les changements opérés se situent principalement dans les zones du look et de l'éducation, ce qui constitue le gros œuvre. Il peut y avoir plus ou moins de travail en fonction du sujet et surtout de sa mère, responsable des dégâts au moment de sa construction, de ses fondations et de son évolution.

Bobard *numero quattro*

Continuons dans le grand n'importe quoi...

Grosso modo, dans l'histoire, j'accepte de faire la bonniche pour une bande de connasses, parce que je suis sous l'emprise de ma belle-doche... ET que je suis censée faire preuve de courage, de patience et de bonté pour l'honneur de mon père et pour mériter mon bonheur... EUH... *NO WAYYYY* !

Et la fin, **non mais LA FIN !**

Ça me donne envie de tout péter !!!

Ils vécurent heureux…
blablabla…
… et eurent beaucoup
d'enfants…

QUEL CULOT ILS ONT !

D'abord, on vend le bonheur éternel avec la même facilité que les régimes miracles ! Non, quoi qu'on vous dise, il est impossible de perdre 3 kg en une semaine, autant qu'il est impossible d'échapper aux emmerdes toute sa vie !

Ensuite… « Ils vécurent heureux… » À les écouter, mon Prince et moi, on est *in love* non-stop du début à la fin… Y a jamais aucune ombre au tableau ?! Aucune engueulade ?! Pas de : « Si tu continues, j'te préviens, je pars vivre dans les marécages avec Schmurt, l'ogre verdâtre cracra qui mange sa cire d'oreille ! »… Mouais… C'est ça… Mouais.

Ok. Ok. J'avoue. C'est vrai ! Je kiffe trop mon Prince ! Toutefois, il peut remercier les hormones et éventuellement les phéromones car sans elles, il aurait rengainé sa ~~petite~~ grosse*, très, très grosse épée vite fait bien fait direction chez pôpamôman depuis belle lurette !

*Pardon Chéri !

Non, parce qu'il faut quand même dire que la nature est bien faite... Au début d'une relation amoureuse, tout est rose. Quand on regarde l'autre, on voit la perfection. Nos cerveaux sont sur pilotage automatique, et on ignore tous les défauts de l'autre, ainsi que tous les signaux qui nous indiquent les emmerdes imminentes.

Quand il se lave les dents une fois sur deux, nos hormones traduisent : c'est un rêveur. S'il rote après manger, c'est un épicurien. Et lorsqu'il laisse ses chaussettes sales sous le lit au lieu de les mettre dans le panier *prévu à cet effet*, on se dit que c'est admirable d'être si peu attaché aux choses matérielles...

BREF... Sans ce truc d'alchimie qui pousse la femelle à s'attacher au mâle, et vice versa, aucun homme ne trouverait jamais pantoufle à son pied ! JAMAIS !

Enfin... « ... et eurent beaucoup d'enfants. » Vas-y que ça continue dans les délires d'écrivains qui vivent apparemment aux antipodes de la réalité ! Résumons : je trouve enfin un mec, pauvre fille que je suis. Je ponds beaucoup d'enfants, parce que j'ai les hanches pour ça... j'imagine. Et voilà, ça suffit à me combler ! Je suis au top du top ! Au nirvana ! Bah, voyons... Combien déjà que j'en fabrique des marmots, hein ? 3, 4, 10 ? Bon, d'accord, c'est trop choupinet les mini humains... Mais les inconvénients... On en parle ou quoi ?! C'est qui qui se tape les kilos en trop, les vergetures, la vessie défaillante et le périnée mollasson ?... C'est le gars en collant ?! Est-ce qu'il se fait pipi dessus dès qu'il éternue, LUI ? Non, je ne pense pas ! Conclusion : oui, j'aime ma tripotée d'enfants, **MAIS**.

Autre fadaise... Dans les contes en général, et le mien inclus : on différencie clairement les Méchants des Gentils.

Les Méchants ont une tête de Méchant (au passage, sympa d'initier nos enfants au délit de faciès dès le plus jeune âge...), une voix terrifiante, et une tenue qui va bien avec le tout – style cape lugubre ou chemise à froufrous (si, si ça fait peur les chemises à froufrous !).

Et les Gentils ont une tête et un look de Gentil – genre un mélange entre Justin Bieber et Leonardo DiCaprio....

Alors que dans la vraie vie, les Méchants ne sont pas toujours ceux qu'on croit. Par exemple, les « copines » ne sont pas toujours des copines, vous voyez ?! Ah non ?

J'explique :

Si après une conversation avec une copine, vous avez envie de vous pendre, parce que vous vous sentez moche et grosse, alors qu'au début de votre discussion avec elle ça allait très bien, c'est que ladite copine, qui est en fait une « pas-vraiment-copine », a décoché une flèche dans votre petit cœur, voire une dizaine, l'air de rien, tout en vous donnant l'impression qu'elle vous disait des choses agréables et réconfortantes (ouais, je sais, balaise la meuf !).

Et dans la vraie vie, les garnements que sont Justin Bieber et Leonardo DiCaprio mériteraient une bonne grosse fessée, si vous voyez ce que je veux dire ! Pour être claire : ils ont une tête d'ange, mais pas l'auréole qui va avec !

Je ne peux plus me taire... Ce tissu de mensonges débité par les contes, et en particulier le mien, cause des ravages irréparables et phénoménaux. Et je ne peux plus le tolérer ! Je sais. J'aurais dû l'ouvrir plus tôt. Je suis coupable de non-assistance à personne en danger. *Mea culpa.*

Le syndrome de Cendrillon – autrement nommé le fantasme de la meringue –, vous connaissez ? Et bien sachez qu'à chaque génération, il y a des millions de nouvelles victimes, allant de 7 à 99 ans.

Je croise encore des nanas d'une quarantaine de piges qui attendent le mec idéal pour convoler en justes noces dans une robe blanche ridiculement démesurée, entourées de leurs ~~sujets~~ invités scandant leur nom et jetant des pétales de roses sur leur passage... Tandis que leur Prince sera baba d'admiration devant leur beauté et leur grâce naturelle ! En plus, certaines d'entre elles sont déjà mariées, et ça, entre vous et moi, c'est super biiizaaarre...

Pourtant, à cet âge avancé, on devrait avoir un minimum le sens des réalités et savoir que s'il y a bien deux mots qui ne peuvent pas cohabiter, c'est « mec » et « idéal » – n'ai-je pas raison ?!

À moins de savoir se contenter de peu. Par exemple, si ces nénettes entendent par idéal un type qui n'écoute jamais son épouse sauf si elle parle de ou à son pénis, qui est incapable de trouver ses chaussettes alors qu'elles sont justes sous son nez, qui ne sait pas à quoi ressemble un aspirateur et qui se gratte TIC et TAC en regardant la télé... Elles ont une chance de trouver leur bonheur au coin de la rue – il y a là des grappes d'hommes répondant à ces critères. Je pense qu'on est toutes d'accord sur ce point.

Malheureusement, je sais que par « idéal », elles entendent un mec qui possède au moins quatre des qualités du Prince charmant – oui, le plus souvent, elles n'en exigent pas plus, comme quoi elles ne sont pas totalement inconscientes : la beauté, la gentillesse, la générosité, le courage, l'empathie, la douceur, l'écoute (ha ha ha ! L'écoute, c'est tordant, non ? Manquerait plus qu'elles en veuillent un qui parle aussi ! MDR). Et qui leur ferait des enfants surdoués (mais bien sûr... Ils le sont tous !).

Et celui-là, elles peuvent toujours poireauter jusqu'à la Saint-Glinglin ou jusqu'à ce que leur vagin soit, telle la grotte de Lascaux, interdit au public pour cause d'altérations, parce qu'il ne se pointera jamais ! NOOOON, pas parce que c'est moi qui l'ai, parce que c'est un grooos mythoooo !

YES, je balance !

Et au point où j'en suis, je peux vous le dire aussi : jamais on n'a vu une nana prisonnière d'une tour s'échapper en faisant de ses longs cheveux une corde d'accès ! Jamais !

ATTENTION, je ne dis pas que les hommes n'ont pas des qualités ! Qu'on ne me fasse pas dire ce que je n'ai pas dit ! Ils en ont ~~un peu~~ plein ! J'ai déjà dit que je pourrais écrire un post-it ou un flyer sur le sujet, c'est dire qu'ils en ont ! Et certaines font partie des critères précités. Mais comment dire, il semble que ça ne soit jamais vraiment abouti... Ça ressemble à une maison en cours de construction, à des vacances au ski sans neige, à un livre passionnant dont on aurait arraché les dernières pages... C'est clair ? Non ? Ah... Euh... Eh bien...

Un homme attentionné va offrir des tulipes à sa dulcinée – *Oooooh il est mimi* –, alors qu'elle lui a dit mille fois qu'elle détestait ces fleurs-là !

Un homme gentil ne va jamais dire à sa mère qu'elle est un tantinet envahissante, alors qu'elle est carrément casse-ovaires !

Un homme prévenant va préparer un bon repas à sa femme exténuée qui n'aura plus qu'à mettre les pieds sous la table et à repeindre entièrement la cuisine ensuite quand elle aura un moment.

Ça y est, vous pigez ?

Et puis, quand on y pense, ce n'est pas sympa non plus pour les mecs, tout ça ! Leur faire croire qu'ils peuvent être parfaits sans le moindre effort. Il existe même certains contes dans lesquels – je vous le rappelle – on leur fait miroiter que leurs bisous sont si fabuleux qu'ils peuvent sortir les nénettes du coma. Ça n'en a pas l'air, je vous l'accorde, mais c'est gravissime ! C'est à cause de ces délires psychotiques que les hommes ne font rien pour améliorer le quotidien de leur couple, sauf sous la menace d'une circoncision sans anesthésie[4], les yeux bandés (ah bon,

4. Arrachage des poils du pubis avec une pince à épiler pour les déjà circoncis.

on ne fait pas toutes ça ? Eh bien, c'est dommage !).

Il faut les comprendre… Perso, je ne me raserais même plus les dessous de bras, si j'étais sûre d'avoir une salive curative – si ça existait dans la vraie vie, ce truc vaudrait des millions de dollars ! C'est pour ça qu'ils déambulent en caleçons en se grattant les couilles comme s'ils étaient les rois du pétrole ! CQFD ! Les pauvres, s'ils savaient la vérité… C'est limite cruel !

Bref…

MOI, CENDRILLON, 36 ans[5], profession : Princesse d'un royaume ~~dés~~enchanté, mariée au Prince dit Charmant, maman de 4 garçons de 12 à 5 ans, demeurant au château en ruine après le pont derrière la colline, je déclare solennellement en avoir ras-le-cul de ces conneries ! J'ai la ferme intention de rétablir la vérité aujourd'hui même ! Attention, ça va chier des bulles !

Ci-après quelques morceaux de ma vie en vrai et en désordre, avec mon Prince, pas toujours charmant, certes, mais le chantier est encore en cours !

5. On vieillit très lentement là d'où je viens.

Quelles que soient vos origines, votre culture ou votre genre... Que vous soyez une Princesse qui aime un Prince, une Princesse qui aime une Princesse, un Prince qui aime un Prince... etc. Vous vous apercevrez qu'elle est semblable à la vôtre à quelques détails près, et que si on racontait la vérité aux enfants, ils rêveraient probablement de changer les choses et de faire des efforts pour l'être aimé – juste un peu – afin de créer des raccourcis vers le BONHEUR, au lieu de croire que tout arrive par magie et que l'autre est la solution à leurs problèmes !

Et je vous filerai quelques conseils gratos pour améliorer votre vie, au passage...

Affectueusement,

Cendrillon

P.S : Pour les âmes sensibles,

Il est évident que je ne vais aborder que les aspects négatifs de ma vie – et par extension de celles de (presque) toutes les nanas de la planète.

Si je veux revenir sur le devant de la scène – et évincer l'autre givrée –, je me dois d'être négative et cynique.

Comprenez-moi. À notre époque, les bons sentiments, ça ne fonctionne plus !

Même les vampires se doivent d'être tourmentés par leurs émotions et leurs vies amoureuses. Dans le bon vieux temps, Dracula et consorts se contentaient de vider de leur sang les vierges aux pieds nus, et puis voilà, c'était réglé ! Le ventre plein, ils retournaient se lover dans leurs cercueils dans les cryptes de leurs châteaux, jusqu'à ce que la faim les réveille à nouveau. Éternellement. Ils étaient heureux. Ils croquaient la vie à pleines dents.

RÉSULTAT : personne ne voulait plus en entendre parler ! Le sang, d'accord ! Mais le bonheur, BEURKKKK ! Les auteurs et les scénaristes de tout poil les ont donc réinventés. Maintenant, ils se traînent des angoisses, des doutes, des questionnements... Ils portent le poids de leur malédiction : « Oh misère, je suis beau, fort, riche, jeune et éternel. Pourquoi, pourquoi mais POURQUOI ?! ». Ils tombent amoureux. Ils s'installent en couple. Ils s'engueulent avec leurs tendres pour un oui ou un non, et ils craignent que leurs partenaires aillent se faire pomper ailleurs[6].

Et puis, on vit dans un monde connecté, dans lequel le bonheur, l'amour, le respect, les bonnes intentions, la morale, les bisous-bisous et les pti' oiseaux... ce n'est pas vendeur ! C'est « out » !

Ce qui est « in » aujourd'hui, c'est le malheur, l'humiliation, l'échec, la flagellation, mieux : l'auto-flagellation, la moquerie, la diffamation... C'est mettre une photo sur Fastlook de sa meilleure amie complètement bourrée, si possible la tête dans les chiottes en train de vomir ses boyaux (surtout ne pas téléphoner à SOS médecins, immortaliser le moment !), sous-titrée élégamment : **« Virginie, sait encore bouré la guele lundi soir, cet grosse paitace. Gros DOS a terminer pour ça conasse de boss, demain MDR ! »** (mon petit doigt me dit que mardi matin, la grosse pétasse sera convoquée dans le bureau de la DRH !). Encore mieux, c'est poster une vidéo sur internet de son bébé de 6 mois à quatre pattes dans la cuisine léchant la gamelle du chien (surtout ne pas lâcher la caméra pour l'en empêcher, ça pourrait devenir viral !).

6. Qu'un autre vampire plante ses crocs dans leurs jugulaires.

EH ! JE VOUS ENTENDS !

Moi qui croyais que j'allais me marrer, elle me déprime à donf.
Y a que moi pour penser que cette fille est totale aigrie ? Lol

#jaipasdevieetjefaischiermonmonde

C'est une vision très réduite du web et des réseaux sociaux, y'a aussi des trucs supers, des gens supers… Moi, j'ai rencontré mon chéri d'amour sur un site de rencontre en ligne, Adopteundoudou.com…

Ok, ok, n'en jetez plus ! Je suis d'accord, le web n'est pas qu'un espace d'échanges sataniques – on peut aussi y revendre ses merdes sur *leboncoup.com.*

Ai-je vraiment besoin de répondre à celui ou celle qui m'a traitée d'aigrie ?

J'ai 36 ans = mes illusions sont derrière moi. Mon indice de masse corporelle pourrait envoyer une fusée sur la lune s'il était transformé en énergie.

J'ai eu quatre enfants. QUATRE ! = si on s'amusait à colorier mes vergetures en noir, je ressemblerais à un zèbre, et ma dernière nuit complète, réparatrice et salvatrice, remonte à Mathusalem.

BIEN SÛR que je suis AIGRIE ! Merde alors ! Ce n'est *pas* le sujet !

Le sujet, c'est que je ne peux pas me permettre d'être positive. Hors de question que je nage à contre-courant ! Moi aussi, je veux mon heure de buzz. Je vais peut-être même faire plein de fautes d'orthographe exprès, et toc !

ANNEXE

TO DO LIST
(de cet après-midi)

➡ Régler un différend entre les sept nains et le Chat botté à propos d'une division de terrain.

➡ Préparer mon argumentaire pour la réunion « Écologie et habitat » – je sens que les Schtrougnieugnieux, les lutins qui vivent dans la forêt, vont encore me tanner avec leurs champignons ! « Et c'est isolant, et c'est confortable, et gnagnagna... » ... Et ça pue le moisi, oui ! Sérieux, ils ne se sont jamais demandé pourquoi ils ont autant de points communs avec le bleu d'Auvergne – la couleur, l'odeur... Jamais ?!

➡ Passer au supermarché.

➡ Enchaîner sur mon RDV avec la banquière pour parler de mon découvert (ça me fait penser qu'il faut que je rajoute du papier-cul sur ma liste de courses...).

➡ Faire tourner une machine de linge sale (parce qu'une machine de linge propre, ce serait complètement con).

➡ Aller chercher mes loulous à l'école.

➡ Repasser vite fait au château pour le goûter.

➡ Étendre le linge et recharger la machine.

➡ Repartir illico pour déposer les loulous à leurs activités qui débutent bien évidemment toutes à la même heure : deux au conservatoire, un au foot, l'autre au karaté. Ne pas se mélanger les pinceaux ! La dernière fois, j'étais trop speed, et boum, j'ai commis une erreur de débutante. Mon aîné s'est retrouvé en crampons sur un tatami, mon dernier en kimono au milieu des cuivres et les autres, bien sûr, avec leurs instruments... au supermarché rayon légumes. *What did you expect ?!*

➧ Ne pas oublier de les reprendre une heure après (je m'y suis attachée. Ils sont mignons quand même, et pi' maintenant, ils sont propres alors...).

➧ Écrire au moins deux pages du livre que vous êtes en train de lire avec tant de ferveur et d'admiration (mais siii, ça va venir, vous allez voir...).

➧ Aider mes bambins pour leurs devoirs. Lutter contre mes tendances suicidaires au moment d'aborder les exceptions françaises. Ne pas m'immoler par le feu. Et rester ferme : non, on ne dit pas « tiendre », oui c'est plus logique, mais c'est comme ça et pi' c'est tout !

➧ Donner le bain à mon petit dernier, le frotter jusqu'à éliminer le feutre dont il se sera sans nul doute badigeonné. L'autre jour, on aurait dit le fils de Schmurt ! Ça a jasé dans tout le royaume !... Merci la maternelle !

➧ Préparer le dîner : une soupe de poireaux pour toute la famille... Enfin pour mon Prince et moi, parce que nos enfants détestent. Pour eux, ce sera des pâtes. C'est bon et rapide à faire ! Si on omet que je dois préparer une sorte différente pour chacun : spaghetti, penne, tagliatelle, gnocchi... Sinon ils vont faire la grève de la faim et se bourrer d'œufs en chocolat.

➧ Ne pas oublier de m'extasier avec naturel devant les horreurs qu'ils auront dessinées pendant que je cuisinais - trouver la bonne formulation :

– Oooh, c'est joliiii, mon cœuuur !

Non, c'est trop mielleux, pas crédible.

– Super beau ! Mais dis-moi pourquoi Papa a des mains et des pieds en forme de patates ?

À bannir, si je ne veux pas me taper une réponse à rallonge !

– *Good job* !

Pas assez affectueux, et en plus, cette exclamation les incite à récidiver !

Tant pis, j'improviserai...

➧ Créer un passage parmi les jouets qu'ils auront étalés partout dans leurs chambres, pour qu'ils puissent accéder à leurs matelas.

➧ Ramper jusqu'à mon lit pour m'y écrouler raide morte (oui, ce dernier point aussi je l'inscris sur ma « TO DO LIST », sinon je risque d'oublier et de m'écrouler dans la cuisine. Ça m'est déjà arrivé, ça fait désordre...).

CHAPITRE 2

Un jour mon Prince a débarqué sur son cheval blanc et il m'a dit : « Oh ~~ma douce Cendrillon comme je t'aime,~~ dis, où t'as encore rangé le sucre, j'le trouve pas ?! ».

J'aurais aimé vous dire que mon Prince - dont le nom restera un mystère afin de préserver son anonymat (en clair, il n'a aucune envie de se faire chambrer au boulot) - me déclare sa flamme quotidiennement. Qu'en montant chaque matin sur son fidèle destrier, il m'adresse des mots qui me font l'effet de pétales de roses effleurant mes joues... Oui, j'aurais aimé... Mais mon Prince est un homme lambda sans option, je vous le rappelle.

La plupart du temps, communiquer avec lui à propos d'un sujet qui demande un minimum d'implication relève de la mission impossible. *Tin tin tin tin tin tin tin tin tin tin tin tin tin tin tin tintintin tududutudududu du du... Votre mission si vous l'acceptez, consiste à planifier les vacances de la Toussaint avec votre homme - Vous devrez non seulement retenir son attention plus de huit minutes d'affilée, mais aussi faire en sorte qu'il réponde à vos questions - Pour arriver à vos fins, vous pourrez utiliser tous les moyens dont vous disposez : chantage, menaces, décolleté plongeant... - Mais attention, si vous êtes prise, nous nierons avoir eu connaissance de vos agissements - Bonne chance ! - Ce message s'autodétruira dans les dix secondes...*

Pourquoi est-ce si compliqué ?! Eh bien, parce que c'est un fait établi très, très scientifiquement et connu de toutes les filles de la Terre, que les êtres dotés d'un pénis sont incapables de dialoguer normalement.

C'est comme ça, j'y peux rien ! – oui je sais, c'est un préjugé affreux-moche-pabeau-nul, comme il se doit (entre nous, c'est tout de même rare les préjugés gentils-sympas-touchoux-tromignons), mais j'assume !

Pour une raison étrange (ça doit les gêner ou j'sais pas), ce machin les empêche de dialoguer de manière satisfaisante avec les êtres équipés d'un vagin. C'est-à-dire de répondre avec précision à leurs interrogatoires, en leur fournissant des explications complètes et détaillées, des anecdotes anecdotiques, des suppositions supposées, des hypothèses hypothétiques, des intuitions intuitives, des rebondissements rebondissants... Et de finir sur un sujet qui n'a rien à voir avec la question de départ, avec de nouvelles interrogations qui ouvrent le champ à de nouveaux échanges verbaux... Avec cette technique dite de *passage du coq à l'âne*, on peut papoter des heures et des heures non-stop ! (Alléluia !)

Malheureusement, il paraît que seule une poignée d'hommes maîtrise cet art de la conversation. Personnellement, je n'en ai jamais rencontré, et j'en suis à me demander si ce n'est pas une légende urbaine.

Et quand ils parlent, parfois ils feraient mieux de se taire. Oui, c'est méchant. Mais je rappelle qu'on a supporté plusieurs décennies de : « femme au volant, mort au tournant ».

Heureusement que je suis subjuguée par les yeux de mon Prince d'un magnifique « marron-vert[7] » – ça m'anesthésie un peu quand j'entends ce que j'entends.

7. C'est un phénomène étrange, mais toutes les nanas de l'univers qui sortent avec des mecs aux yeux de cette couleur conjurent le sort du « yeux marrons, yeux de cochons » en se la racontant : « *Nooon, mais, c'est pas juste marron, quand il bouge, avec la lumière, ils sont verts comme des émeraudes, c'est splendide* »... En gros, si le type secoue la tête sous un néon, ça peut le faire !

Vous êtes prêts ?

C'est parti ! Voici le top #7 des phrases les plus aberrantes de mon Prince, souvent accompagnées de ses comportements les plus casse-dromadaire (je ne peux pas me permettre de dire le mot en c…, parce que je suis à sec, mais croyez-moi, c'est un vrai supplice…) :

#1 « C'est où ? »

... Question qui revient 24 fois par jour... Sans exagérer[8] !

Mon Prince ne trouve jamais rien, jamais ! Même quand c'est sous son nez ! Que ce soient ses clefs de voiture « juste sous la lettre des impôts, il suffisait de la soulever, hein, tu vois juste là ?! » ; son t-shirt préféré « dans ton placard, TU VOIS ?! » ; le dossier qu'il a posé là, il y a juste cinq minutes, c'est sûr et certain ! Forcément, quelqu'un l'a déplacé ! « Ce sont nos enfants, pas de doute ! Ils voulaient probablement en savoir plus sur les avantages fiscaux des PME en milieu rural - quelle bande de garnements ! » ; les assiettes qui « sont rangées dans le même placard depuis le lendemain de notre emménagement ».

Le plus étonnant, c'est qu'il met la table tous les jours (Eh oh, à qui vous croyez avoir à faire ! J'ai bien géré mon chantier !), mais qu'il continue à chercher où sont les objets qui servent à nous sustenter (mystère !) et pire, qu'il me demande parfois ce qu'il doit poser sur ladite table...

8. Bon d'accord, mais très légèrement.

Si cela vous arrive également, voici une réponse acceptable (à lire avec une voix d'artiste latin génialissime, sinon ça rend pas pareil !)

> Eh bien, écoute chérrrri, soyons fouuus, j'imagine des verres, et des couverts, avec oune pointe de sél et de pooiiivree... Et au centre dé la tablè oun porte-manteau et oun tampone hygiénico non ousagé bien sûr, pourrr dénoncer lé consouumérismo de notre société capitalisté !

Résultat de son incapacité totale à visualiser ce qu'il a droit devant lui, il m'appelle au secours régulièrement :

« C'est où... ? »

« Je ne vois pas... »

« Écoute, je ne suis pas stupide, quand même ! Je suis juste devant l'endroit que tu m'as indiqué et y'a que dalle ! » (Tu peux répéter la question ?)

« T'es sûre que c'est là ? »

« Tu y as encore touché… On ne peut rien laisser traîner, tu ranges tout ! »

« C'est vraiment le bordel dans cette foutue baraque, j'trouve rien ! » (Faut savoir !)

Bah oui, c'est à moi de trouver ce qu'il cherche, évidemment ! Tout le monde sait qu'avec mes chromosomes XX, il m'a été livré une truffe invisible pour pister les machins et les bidules, comme à toutes mes congénères.

À l'origine, c'était pour que nous puissions quérir des baies dans la nature et transformer notre grotte en nid douillet :

> Je vais mettre cette pierre au milieu, ça rend suuuuper ! Et sa massue et sa peau de bête dans le coin juste à côté de l'entrée, avec un peu de chance, il arrêtera de me demander où elles sont !

Pendant que nos mecs allaient à la chasse au

mammouth ! C'est scientifiquement prouvé. Bon, bien sûr, depuis y a eu l'Évolution, mais on ne peut pas trop en demander aux hommes... Une chose à la fois... Hier, comment faire pipi s'en en mettre partout. Aujourd'hui, je rebouche ce que je débouche : tube de dentifrice, stylo, bouteille d'eau... Demain, je nettoie mes miettes de pain après mon petit déj'... Eh bah, on n'est pas rendus !

Bien sûr, ça m'agace...

J'ai bien essayé les :

« Si tu rangeais tes affaires, tu les trouverais. C'est simple, efficace, sans faille. Nanananannère. »

« Ôte-moi d'un doute, on vit bien sous le même toit ? »

« Je t'en prie... Fais-toi plaisir, range cette foutue baraque. »

« Tu as rangé tes affaires, et tu ne sais plus où ? Et bien sûr, c'est de MA FAUTE, parce que c'est MOI qui te dis de les RANGER ! Ça te dit une épilation du maillot à la pince, là tout de suite maintenant ?! »

« Sous ton nez, en évidence. Là, là, LÀ. DEVANT TOI. LÀÀÀÀ ! Mais t'es bigleux ou QUOI ?! »

« Au même endroit que d'habitude. »

« À la place où tu l'as déposé. »

« DANS TON CUL ! »

Rien n'y a fait ! Bien sûr, je pourrais le laisser se débrouiller seul. Mais j'ai l'âme d'un saint-bernard, et le voir se débattre, disparaître sous une pile de vêtements à la recherche de ses chaussettes de tennis, ça me brise le cœur ! Il râle, il panique, il suinte… Il faut le comprendre, l'univers que représente notre chambre de 15 m^2 est impressionnant, sauvage et imprévisible. En plus, les pistes sont brouillées : ses chaussettes sont dans… *Roulement de tambour…*

Accrochez-vous, vous n'allez pas en croire vos oreilles... Dans son tiroir à chaussettes (pour sa défense, elles étaient sous deux caleçons... Ce n'était pas faciiileeeuh !) !

En désespoir de cause et en l'honneur de mon Prince, et de tous les autres, j'ai inventé l'expression : « Chercher comme un homme ».

J'ai déposé les droits mais vous pouvez l'utiliser, c'est cadeau !

Note :

L'expression peut être également utilisée à l'adresse d'une femme. Exemple : si une copine ne trouve pas le sucre, on lui dit : « Mai'di'moi, tu cherches comme un homme ! AH AH AH ! », mais bon, ça arrive rarement... ou alors c'est qu'elle est fiévreuse, ou qu'elle sort de chez l'ophtalmo qui lui a mis des gouttes, ou qu'avant son opération, elle avait un pénis...

#2 « Y'en avait pas ! »
... 1 à 2 fois par semaine...

(Le « Y'en avait pas ! » est une sous-catégorie du « C'est où ? ».)

De temps à autre, dans un excès de confiance, je laisse mon Prince se rendre au supermarché du coin pour le ravitaillement.

Dans ces moments-là, je me rassure comme je peux : « Il va y arriver ! » ; « Cette fois, c'est la bonne ! » ; « Je vais coller des images sur la liste détaillée... Euh je vais rajouter un plan des rayonnages, c'est préférable ! » ; « Je le guiderai par texto »... etc.

Mais mes espoirs sont systématiquement réduits à néant ! Le Prince revient avec la moitié de la liste parfois il y est presque, avec les trois quarts (soyons justes !) –, et la même immuable et incroyable excuse : « Y'en avait pas ! ». À ceci près, que ce n'est pas une excuse...

Je m'explique : imaginons que je lui demande de me rapporter du beurre, et que tandis qu'il erre dans le rayon laitage, quelqu'un s'amuse de manière tout à fait inattendue à lui planter le nez dans une motte de 500 grammes (une hôtesse de caisse énervée qui cherche un bouc-émissaire, un client adepte des blagues de mauvais goût, une de mes copines qui passe par là et qui veut me rendre service...). Eh bien, même dans ce cas surprenant, **il ne la verrait toujours pas !**

Si votre homme fait pareil que le mien, et je sais qu'il le fait, vous trouverez ci-après une réponse acceptable et légitime :

– Ah oui ! C'est bizarre, j'y suis allée hier. Je n'ai pas compté les paquets, mais à vue de nez je dirai que ça frôlait la tonne. L'association des mangeurs de gras a dû faire une razzia juste avant toi, j'vois que ça !

Et toutes les nanas, Princesses ou non, vivent la même chose. Si, si j'ai vérifié ! On peut me dire comment ils faisaient pour trouver les mammouths, nos grands chasseurs ? Y'avait des panneaux lumineux clignotants ? Une fanfare leur indiquait le chemin ? À mon avis, les dîners végétaliens n'étaient pas rares :

J'abuse. Des fois, mon Prince ramène presque tout le contenu de la liste. Sauf qu'il n'y a aucune des marques que j'ai demandées...

— Ooouais, bah, c'est la même chose !

— Bah, non. S'essuyer le popotin avec du papier tout doux ou avec du papier de verre, c'est pas pareil ! Tu vas vite t'en rendre compte...

Et pi' aussi, il n'a pas fait attention aux prix...

– C'est juste un euro de plus ! C'est pas grave. Arrête de te prendre la tête ! Y a pas mort d'homme !

– Cent produits, un euro par produit... Attends, attends ! Laisse-moi une minute pour faire le calcul, y paraît que les filles ne sont pas bonnes en MATHS ! Et pour la mort d'homme, on verra après...

Non, parce que le plus drôle, c'est que c'est le premier à râler à cause du budget courses. D'ailleurs, il lui arrive de revenir fier de lui après avoir pris l'initiative d'y aller de son propre chef, comme un grand.

– VOILÀ ! Un plein, soixante euros !! Franchement, je ne sais pas comment tu te débrouilles avec tes quatre-vingt-dix euros !

– Euh, bah. Je ne sais pas. J'achète du vrai manger pour la semaine. Là, notre estomac risque de morfler, et on va probablement perdre nos dents ! Voyons voir : ketchup ; bonbons acidulés à la fraise ; pizzas ; barres chocolatées... Ceci dit, je t'accorde qu'on va pouvoir tenir trois jours, quatre si on fait manger l'essuie-tout aux enfants... Mais t'as raison mon amour, je ne sais pas m'y prendre, *MEA CULPA* !

#3 « J'te trompe pas, j'ai pas le temps ! »
... Dix fois par mois...

Comme toutes les Princesses, j'ai besoin d'être rassurée sur la fidélité de mon Prince. Non pas que je doute, NOOOON, mais quand même c'est bien de vérifier de temps en temps. Et puis, c'est le plus beau et le plus intelligent Prince du monde, alors je me dis que toutes les ~~garces~~ autres Princesses de la Terre rêvent de me le piquer (si si, je le crois vraiment – autre révélation : l'amour ne me rend pas seulement aveugle, il atteint aussi sérieusement mes neurones !).

Pour me tranquilliser, j'emploie de manière intensive et répétée une tactique de harcèlement qui consiste essentiellement à lui poser des questions à n'importe quel moment de la journée – de préférence quand il s'y attend le moins. En clair, je le saoule pour qu'il me rassure.

En faisant cela, je souhaite au plus profond de moi-même que mon Prince me déclare sa flamme pour la milliardième fois, genre :

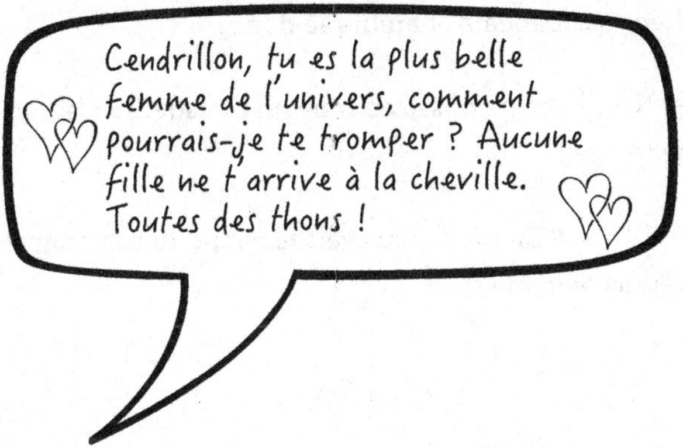

Au lieu de quoi, j'ai le droit à des réponses, comment dire, bancales et ambiguës :

— Tu me trompes ?!

(Euh, au passage, je me rends compte là-tout-de-suite que c'est complètement con de lui demander ça. Je m'attends à quoi exactement !? Même s'il est infidèle, il ne va pas me répondre : « Ah oui, au fait, j'avais oublié de t'en parler. Elle s'appelle Martine. Elle a des gros seins. »).

Réponse bancale et ambiguë donc :

– Non, bébé, je bosse comme un malade. Je n'ai pas le temps !

– QUOI ?! En gros, si tu avais le temps, tu t'en donnerais à cœur joie ?!

– Tu me tromperais, si tu rencontrais la plus belle fille de l'univers ?

Là, je ne vous cache pas que j'espère un légitime : « Je couche déjà avec. C'est toi, chérie ! ». Vous avouerez que c'est la moindre des choses ! Mais j'obtiens un :

– Si elle est d'accord...

Un vrai gentleman... Grrr !

— Tu regardes les jolies filles dans la rue ?

— Non, je marche les yeux fermés. Ah ah ah !

Ah oui, et je ne vous ai pas encore dit…

… Il se croit drôle !

— Tu aimerais, TOI, vivre dans une société polygame ?

— J'ai déjà du mal à en gérer une, alors deux…

— Quoi ?! T'es en train de dire que j'ai un sale caractère, c'est ça, hein, c'est ça ! Je demande le divorce immédiatement ! Immédiatement, j'ai dit !

(Longue pause pour boudage. Ça s'impose ! D'autant que les hommes adorent les chieuses. C'est un mystère… Ça doit avoir un rapport avec nos belles-mamans !)

— Tu pourrais me quitter pour une autre ?

— Si Sophie Marceau était libre, j'dis pas. Sinon j'vois pas. Ah ah ah !

Oui, je sais, il est pénible ! Une minute de silence pour l'humour, s'il vous plaît...

— Ah oui, parce que la seule chose qui t'empêche de vivre avec Sophie Marceau, c'est qu'elle est prise ! Autrement, elle viendrait sonner directement à notre porte, bien sûr !

— Crois-tu que tu pourrais penser une fraction de seconde à me cocufier ?

— J'y pense des fois, mais ça passe vite. Y'en a aucune qui te vaut ! Tu es belle, intelligente, drôle, et si douce...

— Ok, mais tu y PENSES ! Et si je te pétais les dents, tu y penserais encore, tu CROIS ?!

Le pire du pire, c'est que mon Prince croit vraiment qu'il répond justement et affectueusement. Il n'a TOUJOURS rien compris à la psychologie féminine, et pourtant ce n'est pas faute de lui avoir écrit des réponses toutes prêtes histoire de l'aider un peu (ça fait partie du boulot de réfection). Ou alooors il le fait exprès pour m'enquiquiner… Grrrr ! Il m'éneeerve !

#4 « T'es pas grosse, mais... »
... Trop souvent !

En apparence, je suis une femme forte, déterminée et sûre d'elle. Mais au fond de moi, il y a une petite fille fragile, timide, et qui manque cruellement de confiance en elle – LA FAUTE À MA MÈRE !

Note :

C'est toujours de la faute des mères. C'est pratique et universel. Toutes les filles de la planète ont un problème avec leur génitrice. Après tout, elles nous ont mises au monde, c'est à cause d'elles si on est dans le pétrin ! Un conseil, si vous voulez copiner avec une fille, engagez la conversation sur ce sujet. Elle se sentira immédiatement en phase avec vous. Si ce n'est pas le cas, c'est qu'elle n'a rien à reprocher à sa mère. Dans ce cas, laissez tomber, elle n'est pas NORMALE, voire TOTALEMENT DINGO ! Ça marche aussi avec les belles-mères...

Si je réussis tant bien que mal à ne pas me soucier du qu'en-dira-t-on et à me détacher des exigences farfelues et tyranniques de notre société, ~~j'exige~~ j'aimerais être la perfection aux yeux de mon Prince, qu'il aime absolument tout de moi jusqu'à mon plus vilain défaut. OUI, je lui en demande beaucoup, ET ALORS ?! Il a signé, OUI ou NON ?!

PARFAITS, donc,
l'un pour l'autre...

Séquence 42
Château / Intérieur / Jour
Scène 1 — Prise 245

Les protagonistes (c'est-à-dire mon Prince et moi) sont dans la cuisine. Je grignote des chips tandis que mon Prince prépare le rôti... Action !

— Tu me trouves comment ?!

Mon Prince a flairé le danger. Il sait que c'est une question piège. Dans un premier temps, il feint de ne pas avoir entendu et essaye d'aborder un autre sujet.

— Tiens, je t'ai pas dit ! La femme d'Olive va bientôt accoucher !

Oups ! Erreur fatale ! Je peux voir qu'il s'en veut déjà. Ses yeux le trahissent. Qu'est-ce qui lui a pris de choisir ce sujet pour faire diversion ? Il ne peut pas ignorer que je vais le saouler avec les souvenirs de mes accouchements, autrement appelés « *The Big Boucheries*[9] » ! Comment faire machine arrière ? Il panique, ses mains tremblent, des auréoles se forment sous ses aisselles... Moi, évidemment, je sens la fragilité du bonhomme, sixième sens oblige. Sans pitié, je tire une deuxième salve :

— Et ce nouveau pantalon, il me fait des grosses fesses ou pas ?

... Mentir, mentir, mentir... Le cerveau de mon Prince répète ce mantra en boucle.

— Nooon, ma puce, il te va biieen...

Sa voix tremblote.

Ouf ! Il s'en est sorti de justesse. Maintenant, il doit quitter la pièce, mais je bloque la seule issue. Usant d'un fin stratège, il se penche pour m'embrasser afin de me faire taire, puis il me fait pivoter pour accéder à la porte. C'est à ce moment-là, alors qu'il se croit indemne, que je lance mon attaque suprême.

9. Ça fait plus peur en anglais...

— Mais « bien »... bien ?... Ou « Super ! T'es trop canon dedans ! Ça te fait un petit cul ravissant ! » ? Sois plus loquace !

À ce moment précis, il sait le terrain glissant, et pourtant il glisse.

— Honnêtement ?

A priori, cet homme a décidé de manger son acte de naissance aujourd'hui !

— Bien sûr, oui, honnêtement. Entre nous, on peut tout se dire, doudou.

Non. NON. **NE FAIS PAS ÇA !**

C'est un PIÈGE !

— Il te fait un sacré pétard, mais j'adore !

— Comment ça ? Tu dis que je suis grosse, c'est ça ?!

— Nooooon, mais soyons réalistes, tu as quelques kilos de trop, ma chérie. Je ne t'apprends rien. Tu m'en as encore parlé hier soir.

Ah, apparemment, il veut souffrir avant de rendre l'âme.

— Tu penses que je suis trop grosse, alors ?!

— Mais c'est toi, hier soir...

OUI, mais moi, j'ai le droit de le dire, pas TOI !

— Je croyais qu'ils te plaisaient mes kilos en trop ! Tu dis toujours que ça te plaît, que t'aimes pas les nanas trop minces. Qu'elles sont moches !

— Bah oui, j'ai dit que j'adore ton pétard !

Trop tard, mon gars, je ne t'écoute plus ! JE HURLE. (Histoire de coller à la réalité, lire ce qui suit le plus vite possible avec une voix de folle dingue.)

— Et moi, je te dis que tes pieds sont moches ? Et au passage, tu sais d'où ils viennent ces kilos, hein, tu le sais MONSIEUR JE-SAIS-TOUT ! Avant que je te fasse des gosses, j'étais mince, moi MONSIEUR. Dieu sait que je les adore mes bébés d'amour, je donnerais ma vie pour eux ! MA VIE, tu m'entends ?! Si c'était à refaire, je referais tout pareil. Mais c'est qui, qui les a portés ? Toi peut-être ? Non, ce n'est pas toi ! Tu as pris 30 kg à chaque grossesse, toi ? NON. Tu as accouché, toi ? Ah nooooooon, pardon, TOI, tu lisais un putain de magazine économique en trouvant le

temps long, pendant que je souffrais le martyre, le martyre, tu m'entends ?! Imagine qu'une boule de bowling passe par ton anus tandis que MOI je te dis : « Respire mon chéri, ça va aller. Si tu pouvais crier moins fort, j'essaie de finir cet article SUPER INTÉRESSANT... ».

(Rest in peace. Repose en paix. Le mec est mort. NON, vous n'aviez pas tous compris...)

On peut jouer exactement la même scène ou presque avec :

➧ Dis, je fais mon âge ou plus jeune ?

➧ Je suis aussi jolie que le jour où tu m'as rencontrée ?

➧ J'étais la mieux habillée à cette soirée ?

➧ C'est vulgaire si je mets ce top ?

➧ Tu trouves, toi, que mes seins pendouillent et que mon ventre fait flop-flop ?

#5 « J'allais le faire... »

... Impossible de comptabiliser. Est-ce que vous savez combien il y a d'étoiles dans l'univers, vous ?! Non. Eh bah là, c'est pareil !

Le « J'allais le faire » est une phrase passe-partout, à usages multiples.

Elle sert pour le tournevis cruciforme laissé négligemment sur le buffet en acajou que J'ADORE, à la portée des enfants (que J'ADORE aussi). L'un d'entre eux pourrait avoir l'idée de jouer avec l'engin mortel, de se crever un œil ou même pire de rayer mon magnifique meuble ! Angoissée, je décide donc de ranger le tournevis À SA PLACE, alors que ce n'était pas moi, au départ, qui en avais eu l'utilité ! Si ça avait été moi, il aurait été rangé À SA PLACE depuis belle lurette ! Je m'exécute donc non sans faire remarquer que je dois ENCORE passer derrière mon Prince :

— PFFFFFFFF ! PFFFFFF ! Je vais RANGER le tournevis dans la caisse à outils. C'est mieux pour la survie de nos ENFAAAANTS ! PFFFF ! J'en ai marre, mais j'en ai MARRE de ramasser vos affaires ! PFFFF ! PFFFFF ! J'ai dit : PFFFF !

Évidemment, j'espère que mon Prince rétorque, afin que je puisse lui en mettre plein la gueule.

Et ça ne rate pas ! Il mord à l'hameçon !

— Personne te l'a demandé, ma puce !

Et c'est parti ! Trop fastoche !

(Lire ce qui suit avec une voix de folle dingue. Oui, je sais ENCORE ! Ce n'est pas de ma faute s'il a le don de me faire sortir de mes gonds. C'est fou comme je l'aime…)

– Ah OUI ! Personne, t'es sûr ? Et si on laisse tous traîner nos affaires, partout, sans arrêt, elle sera dans quel état la maison après, hein ? Qu'est-ce que tu diras quand il faudra enjamber les objets, les fringues et les restes de nos repas aussi, pendant qu'on y est ! Et que les rats auront envahi notre espace ! Et que l'inspection sanitaire déclarera notre maison insalubre ! Sans parler de la sécurité de nos enfants, HEIN, tu y as pensé à la sécurité de nos enfants ?!

— … T'exagères pas un peu là… Madame Je-dramatise-toujours-tout !

Non, ce n'est pas mon genreee ! Je ne dramatise jamais ! C'est de l'anticipation !

— Mais t'es inconscient, mon gars ! Un tournevis, c'est une épée de pirate, un pistolet à rayon laser, une baguette magique, un vaisseau spatial pour aller sur la lune !

— Un vaisseau spatial ? Ah ça alors, je n'y avais pas pensé ! Tu sais, je suis vraiment désolé, ma puce !

— Bon euh... Ce n'est pas grave, mon doudou. Penses-y la prochaine fois !

Je suis déstabilisée par ses excuses et sa mine contrite. Je fais volte-face, c'est ma spécialité ! Je peux passer en un quart de seconde de « Je te quitte » à « Je ne pourrais pas vivre sans toi ». Mon Prince aime mon côté volcanique, passionné, entier. OUI c'est ça, en fait, il est complètement maso.

Il faut reconnaître que mon Prince a bien joué en reconnaissant son erreur, POUR UNE FOIS ! Jusqu'à la phrase de trop - le truc à ne pas dire - il ne peut pas s'en empêcher, c'est plus fort que lui ! Je crois que ça aussi, c'est à cause du pénis.

— J'allais le faire, tu sais. J'étais juste parti faire un truc... Je ne peux pas être partout aussi. Je ne sais pas comment tu fais, mais moi, je n'ai pas dix mains...

— Tu allais le faire ? Tu. allais. le. faire ? Quand ?! À la Saint-Glinglin comme d'habitude ! Et MOI, je PEUX tout faire ! J'ai plusieurs bras, MOI, je suis Kali, déesse indoue, MOI !

Je suis partie pour la journée…

Pourquoi les hommes, Princes ou pas, n'ont-ils toujours pas conscience qu'un seul mot mal choisi est susceptible de réveiller la furie qui est en nous ? Que chaque phrase est un fil qui, mal tissé, les entraînera vers des abîmes sombres et froids ? « Tourne ta langue sept fois dans ta bouche avant de parler », me disait ma grand-mère. Voilà un sage conseil !

À croire qu'ils aiment quand on est en mode casse-bonbons... Ah bah oui, mais c'est bien sûr, les belles-mamans ! J'avais oublié...

Le « J'allais le faire » fonctionne aussi pour les restes du petit-déjeuner abandonnés sur la table de la salle à manger :

— Laisse ma puce. J'allais le faire !

— Mmm ! Mmm !

— Laisse, j'te dis ! C'est toujours à la minute avec TOI !

Ah ooook ! Je n'avais pas tous les éléments en main. En fait, mon Prince est suicidaire. Je comprends mieux maintenant pourquoi il agite sa mauvaise foi devant moi comme il le ferait avec une cape rouge devant un taureau !

— À la MINUTE ? À la MINUTE ?! Tu as déjeuné à 7 h 30, et il est 19 heures passées !

R.I.P.
(comique de répétition)

Ça marche également pour les tennis qui trônent au milieu du salon.

— J'en ai marre. J'en ai MARRE. RAS LE STRING ! Parfois je me dis que ce n'est pas quatre mais cinq enfants que J'AI !

— Qu'est-ce que tu fais, ma puce ? Laisse-les par terre. J'allais le faire, justement !

— Tu allais le faire ?! C'est un sketch, tu prépares le Marrakech du rire ? Non, parce qu'il faut me le dire, je cours acheter des billets d'avion pour toute la famille ! Tu es hiiiilaraaaant ! Ce serait dommage de rater tes débuts ! Ça fait trois dromadaires de jours qu'elles sont plantées à côté de la télé ! Et TOI, tu me dis que tu allais le faire !

— OUI, j'te dis ! Enfin, pas tout de suite - tout de suite, tout à l'heure... Tu comprends, j'ai rendez-vous dans une heure avec J-P pour taper quelques balles, alors c'est ridicule de les ramasser avant ! J'optimise, MOI !

R.I.P.

Et cette fois, les chances
de le ressusciter
sont minces, très minces !

#6 « Moi, j'aime pas faire ça... »

... Rare mais pas assez !

L'homme a évolué. Si si, je vous jure. Ce n'est pas toujours flagrant, je vous l'accorde. Je vous concède également qu'il reste quelques néandertaliens, qui, selon toute vraisemblance, oublient systématiquement de baisser la tête quand ils sortent de leur grotte, ce qui à la longue cause des dommages irréparables à leur cerveau. Ceux-là voient la femme comme un incubateur à bébés capable de passer le balai, de faire du café et de leur préparer un cassoulet. Évidemment, ces néand' peuvent oublier le statut de Charmant, jamais ils ne l'obtiendront !

CHANTIER INTERDIT
À TOUTE FEMME SENSÉE.

En revanche, il arrive que l'univers nous fasse des blagues et que l'un d'entre eux devienne président de la plus grande puissance mondiale.

Mais l'Homme contemporain, lui, a fait de gros progrès. Il faut le saluer. Si si, c'est important de souligner ses efforts.

BULLETIN de :

Homme contemporain

Appréciation générale :

Bon Travail. Attention toutefois, encore quelques petits problèmes de dispersion et d'attention.
De plus, vous n'allez pas au bout de vos réelles capacités ! Redoublez d'efforts cette prochaine décennie. Courage, vous y êtes presque !

Moyenne de la classe : 15/20

BULLETIN de :
Mon Prince

Moyenne générale : 18/20

(Non, ce n'est pas parc'queee c'est le chouchou de la maîtresse !)

Matière : Tâches domestiques

Professeur : Cendrillon

Mon Prince est un papa poule.

Il donne le bain à nos enfants. Il prépare leur cartable, leur goûter et leur sac de sport aussi. Bon d'accord, il oublie les trois quarts des éléments nécessaires au bon déroulement de leurs journées. Il n'a pas signé les mots dans le carnet, bien que je lui ai rappelé une vingtaine de fois. Le petit dernier n'aura donc pas le droit de suivre sa classe au zoo, puisqu'il n'a pas son autorisation de sortie. Tant pis, les gosses, c'est connu, ça n'aime pas les animaux ! Le moyen se retrouve avec un maillot et un bonnet de bain, alors qu'il a athlétisme. C'est une semaine sur deux, ce n'est quand même pas sorcier ! Et le grand va avoir la joie de découvrir un paquet de biscuits vides pour son quatre heures... En même temps, c'est bien fait (oui, c'est vache, mais y'en a ras le bol ! Voir le POURQUOUWAAA ! p. 175) !

OUI, c'est vrai, 100 % du temps il se plante MAGISTRALEMENT – mais on ne peut pas lui retirer le fait qu'il essaie.

BIEN

Mon Prince n'aide pas aux tâches ménagères, il participe, nuance.

Dire qu'on aide, c'est dire que ce n'est pas à soi de le faire, mais que par grandeur d'âme et bonté de cœur, on consent à filer un coup de main. Et mon Prince a compris la nuance... Il n'aura fallu qu'une petite dizaine d'années !

Il passe l'aspirateur sans qu'on lui demande – Hi hi hi hi ! (Voir p. 103 **Les bons conseils de Cendrillon**, vous comprendrez pourquoi je rigole comme une dinde).

Il met le linge dans la machine – les pulls en cachemire avec les serpillières, car « C'est plus économique », dit-il... Mouaiaiais, ça se défend, si on met de côté qu'il faut refaire sa garde-robe, après.

Il débarrasse le lave-vaisselle – jamais sans casser deux verres au passage, il ferait mieux de les casser avant. Laver un truc qu'on va fracasser, c'est quand même dommage. Il fait les lits.... Etc.

BREF, mon Prince est un GRAND garçon.

TRÈS BIEN !

Pour une raison obscure, mon Prince reste convaincu qu'il peut choisir les corvées...

... En fonction de ses goûts, de ses aspirations, de ses envies... Un peu comme s'il choisissait des fringues aux Galeries Lafayotte. À cette fin, il utilise une expression des plus horripilantes, le fameux : « Moi, j'aime pas faire ça ! ».

PAS BIEN ! MAL, TRÈS MAL !

— Chéri-doudou, j'ai les mains prises ! Peux-tu changer le petit ? Il a fait un gros caca et je suis en train d'écraser les pommes de terre pour sa purée...

— Ooooh, non, moi, j'aime pas faire ça. Je te remplace et tu t'en charges, OK.

Vous remarquerez qu'après le « ok » il n'y a aucun point d'interrogation. La raison en est simple : mon Prince est persuadé que tout roule, que je n'ai absolument aucune objection, probablement parce qu'il est de notoriété publique que moi, j'adore le caca !

— Ah oui, on va faire comme ça... Ça tombe bien, moi ça me met l'eau à la bouche de changer les couches pleines de caca ! D'ailleurs tu sais quoi, je vais m'en mettre une de côté pour mon goûter. Je humerai le parfum délicat de la déjection de brocoli en mousse sur son lit de carottes, accompagné de sa compote de pommes, en buvant mon thé, pour me mettre en appétit !

Pour consolider son « **Moi, j'aime pas faire ça** », mon Prince rajoute parfois un « Je sais pas faire ». Le « Je sais pas faire » est ultra pratique pour m'inciter à faire les corvées à sa place.

— Comment on fait des pâtes déjà ?!

— Eau, sel, huile d'olive.

— Ah OK... Eau sur le feu ? Et je mets les pâtes ?

— Non. Non. Tu souffles sur l'eau jusqu'à ce qu'elle fasse des bulles. Ensuite tu inscris Jacuzzi sur un écriteau, les tagliatelles vont arriver comme des petites folles !

— T'es marrante, je sais pas faire, moi ! Pffff...

– C'est vrai que c'est le truc qu'on n'a jamais l'occasion d'apprendre à l'âge adulte... Surtout que c'est un produit rarissime.

– Et le sel, je le mets quand ?

– OK ! J'ai compris ! Laisse tomber, je vais te les faire tes pâtes ! **Et te les foutre dans la gueule**...

– J'ai entendu, hein ! Je ne sais pas faire, je ne sais pas faire ! Ce n'est pas ma faute quand même ! Et tu ne veux pas m'expliquer, alors...

– Ok. J'avoue. *Mea culpa* ! Il est évident que je détiens un savoir ancestral qui se transmet uniquement de mère en fille, et que je refuse de le partager avec toi sous le seul prétexte que tu as un pénis. Je sais, c'est dégueulasse ! Limite sexiste... Tu m'as démasquée : je suis une grosse facho de la nouille ! Maintenant, **POUSSE-TOI ET LAISSE-MOI FAIRE !**

Et oui, je vais le faire... LA CONNE (si si, on peut le dire). J'ai échafaudé quelques théories à ce sujet :

➨ Je préfère perdre 10 minutes à le faire que 45 à lui expliquer comment le faire (+ 15 si on compte le temps utilisé pour lui montrer l'emplacement des ustensiles).

➡ Consciente que la gravité aura bientôt ma peau, je cherche à me rendre indispensable.

➡ Naïve, je n'ai toujours pas capté que c'était une stratégie. Pourvu d'un gros poil dans la main, mon Prince feint de ne pas savoir faire pour exhorter mon instinct maternel à s'exprimer à son égard. Et moi, je plonge… Mais que je lui fasse ses lacets pendant que j'y suis !

Appréciation générale : résultats dans l'ensemble satisfaisants. Néanmoins, je ne saurais trooop lui conseiller d'accentuer le bavardage, et à cette fin, d'apprendre la technique du « coq à l'âne » pour papoter avec sa poulette, c'est-à-dire MOI ! Un conseil : passer l'aspirateur plus souvent pourrait rapporter des points supplémentaires et remonter votre moyenne. (Hi hi hi, rire de dinde (encore)… Cf. (encore) Les Bons Conseils de Cendrillon p. 103).

#7 « J'ai pas eu le temps... »
... Trop fréquemment...
Je vais finir par lui en mettre une, retenez-moi !

Stop aux publicités mensongères ! NON, NON, NON et NON, ce n'est pas un préjugé ! Les hommes sont incapables de faire deux choses à la fois, ou même de parler en en faisant une seule. Voyez vous-mêmes :

Note
au petit déjeuner :

Pas trouvé ma cravate bleue. Juste 20 min pour me préparer, pas eu le temps de laver ma tasse, désolé ma puce. À ce soir, je t'aime

T'as regardé dans ton cul ?!!!! (Autre révélation : je ne suis pas du matin !)

20 minutes... C'est parti !

En attendant[10] que la cafetière chauffe, je vide le lave-vaisselle, je nettoie la table du petit déj princier en jurant que je vais le DROMADAIRE[11], je passe un coup de balai, en passant je nourris Patapouf, le chat et Wanda, le poisson rouge, dixième du nom. Je glisse ma capsule de café dans le compartiment prévu à cet effet, je dépose une tasse devant le bec verseur de ma main droite, et j'appuie sur « on », tandis que ma main gauche ouvre et allume mon ordinateur portable pour checker mes mails.

Je n'avale rien ce matin. C'est lundi, je commence donc un nouveau régime - normal ! Pendant que mon café refroidit jusqu'à être buvable, j'en profite pour mettre le linge de la machine à laver qui a tourné durant la nuit dans le sèche-linge, puis je prépare le petit-déjeuner de nos enfants. Tout en dégustant le nectar sans lequel je serais incapable d'effectuer

10. Vous n'avez que huit secondes pour arriver à la fin de ce chapitre, histoire de coller à ma rapidité d'action, et vous venez d'en perdre deux à lire ces trois lignes.
11. Auto-censure.

ma journée - si je pouvais, je me l'injecterais en intraveineuse ! -, je les réveille en leur faisant des bisous sur le front. C'est mimi ! Quelle mère attentionnée !

Dès qu'ils sont debout, je les colle devant la télé avec leurs céréales.

— Môman, t'as oublié Bruno l'Hippopo ! pleurniche mon petit dernier.

— Ah oui, désolée mon ange... Ça arrive !

Je cuisine donc un gâteau au chocolat imaginaire - a priori les hippopotames imaginaires ne mangent que ça - que je présente à Bruno dans son assiette à dessert préférée.

Je fais les lits tout en me brossant les dents avant de prendre ma douche. Les pieds encore mouillés, et enroulée dans une serviette façon rouleau de printemps, je vais voir mes mouflets pour leur dire de se laver les dents. Au passage, je ramasse les livres, les puzzles, et les feutres que je rebouche avant de les ranger dans leur boîte. Tandis qu'ils frottent leurs quenottes, je me maquille et je m'habille. Pas le temps pour un brushing, une grosse pince suffira à donner un peu de constance à ma chevelure, et puis ça fait *tendance coiffé/décoiffé,* non ? Ah non ? Bon, tant pis. Je les débarbouille. J'aplatis aussi leurs épis à l'aide d'un gel. Et je gère un conflit à propos du goût du dentifrice, conflit qui aurait pu dégénérer en bagarre générale sans mon intervention efficace. Et les types de l'ONU pensent qu'ils ont du pain sur la planche !

Il me reste
trois minutes.
Mais qu'est-ce que
je vais pouvoir faire
de tout ce temps ?!

LES BONS CONSEILS DE CENDRILLON

Question : Quel est le point commun entre un aspirateur et un clitoris ?

Réponse : Les hommes ont du mal à s'en servir.

Il faut toujours donner au vôtre un mode d'emploi détaillé pour les deux ! Toujours !

Évitez, néanmoins, de l'afficher sur le réfrigérateur, surtout si vous organisez des brunchs entre amis chaque dimanche !

LES BONS CONSEILS DE CENDRILLON

Aux Princes qui font des tournicotis avec leur zigounette devant leur miroir en s'exclamant « Youpi-youpla ! » :

Arrêtez ! STOP ! Rangez-la !

NON, ce n'est pas sexy ! OUI, même si vous faites semblant de manipuler un lasso de cow-boy au-dessus de votre tête de l'autre main... Pfff...

ET NON, ça ne nous donne pas l'envie irrésistible de vous sauter dessus !

Je sais, c'est rude, mais ça ne pouvait plus durer ! Il fallait bien que quelqu'un se dévoue pour vous le dire...

POURQUOUWAAA !!?

Les POURQUOUWAAA sont des questions sans réponse, faisant partie des grands mystères de l'univers.

Pourquouwaaa on ne retrouve jamais les paires de chaussettes qu'on a mises à laver ?

Les médias n'en parlent jamais ! Alors que ça concerne 80 % des gens dans le monde ! Les 20 % restants vivant pieds nus ou en tongs.

Est-ce que les lutins des maisons les collectionnent ?

On ne se moque pas ! Vous ferez moins malins et les malignes quand vous retrouverez un chaudron plein de chaussettes au fond d'un placard !

Est-ce que les industriels ont inventé un processus ingénieux pour qu'elles s'autodétruisent, afin que nous soyons obligées d'en racheter ?

CHAPITRE 3

La Princesse et le Prince firent *tac-tac-boum* plein, plein, plein de fois, et du coup, bim ! elle se retrouva avec des petites graines dans son bidon... À quatre reprises... Ils eurent donc beaucoup d'enfants, ce qui les rendit très, très heureux. Mais d'abord...

« Il était une fois une maman au gros bidon surnommée Poc-Mom… »

Ooook j'admets ! Il n'y a pas que des bobards dans les contes de fées. Mon Prince et moi avons effectivement fait quatre enfants. Et quatre, c'est le début de beaucoup… En tout cas, nous sommes détenteurs d'une carte famille nombreuse qui nous procure des tarifs réduits à la SNCF – la Société Nationale des Carrosses Féériques – et dans les musées de tout le royaume ~~dés~~enchanté.

Et avant de pouvoir pouponner, j'ai eu la *chance* de passer par l'étape grossesse, que je vais vous conter de ce pas.

Il existe deux catégories de femmes enceintes :

La première : les futures mamans qui manquent d'appétit à cause de leurs nausées, et/ou qui passent une partie de leur grossesse la tête dans la cuvette des toilettes à vomir leur petit déj'…

Elles n'ont vraiment pas de bol ! D'ailleurs, j'aimerais prendre une minute pour compatir à leur sort :

Oh la la la la, les pauvreees...
(Oui, bah, je fais ce que je peux hein...).

Quand je pense que le seul avantage à être enceinte, c'est de pouvoir dire des trucs comme (C'est la **seconde** catégorie de femmes enceintes) :

— Pour moi ce sera juste une noisette de chantilly sur ma gaufre, s'il vous plaît madame, et pour mon bébé, vous rajouterez du sucre, du chocolat fondu, trois boules de glace vanille, une banane, du caramel au beurre salé et des vermicelles de toutes les couleurs. Meeerci !

OU :

— Chéri, tu me files ta part de gâteau ? Ce n'est pas pour moi, c'est pour le bébé ! La mienne ne lui a pas suffi... J'ai l'impression que c'est un petit gourrrmannnd !

OU :

— Oui, c'est moi qui ai fini les deux pots de glace vanille-macadamia ! Et alors ? Pas de commentaire, je te rappelle que c'est de ta faute si je mange pour deux !

Bref... Il y a donc les infortunées futures mamans de la catégorie 1, et il y a la deuxième catégorie, c'est-à-dire MOI ! Et quelques centaines de milliers d'autres probablement.

Et MOI, ce n'est pas la même ! Quand je suis enceinte, je mange DE TOUT ! Et je mange souvent, TRÈS SOUVENT ! À peine le victorieux spermatozoïde de mon Prince a-t-il pénétré mon ovule que je deviens une marathonienne de la bouffe.

— C'est pas de ma fauteeee, c'est à cause des hormoooneeees...

Et au bout de dix semaines grand max, je me transforme en une petite boule sur pattes exterminatrice des aliments qui ont le malheur de croiser mon chemin. Enceinte, je suis comme ce glouton des jeux d'arcade, célèbre dans les années 1980.

MOI
+
BB dans le bidon
=
POC-MOM

VOILÀ C'EST ÇA ! Sauf que moi j'ai des jambes ! Sinon, c'est tout pareil, je n'avance que pour m'empiffrer ! **Poc poc poc poc poc poc poc poc poc poc poc poc poc poc poc...**

Et rien ne m'écœure. JAAMAIS ! Je peux enchaîner les aliments les plus gras et sucrés de l'univers dans un même repas : des feuilletés au curé nantais en entrée, une raclette en plat principal, une galette des rois en dessert, et pour finir un paquet de nounours à la guimauve pour faire passer mon petit déca. Sans eux, c'est trop amer, parce que je ne mets jamais de sucre dans mes boissons chaudes... C'est meilleur pour la santé !

Un observateur extérieur pourrait déduire de mon comportement alimentaire que j'engrange les kilocalories en vue d'une randonnée en solitaire à travers l'Alaska... Si si, il pourrait tirer cette conclusion, à tort certes, mais il pourrait...

Sauf qu'en réalité **Poc-Mom est une grosse feignasse** qui limite ses trajets à ses petits couloirs remplis de bouffe appétissante. Mais **attention**, si je bannis le mot « sport » durant mes neuf mois de grossesse, ce n'est pas **seulement** parce que je suis partisane du moindre effort, ni parce que je préfère planter mon nez dans un paquet de chips plutôt que d'aller au yoga. C'est parce que je préserve mes forces pour l'accouchement ! C'est un acte raisonnable et réfléchi, dicté par mon instinct maternel !

Résultat de mon manque d'activité physique, je n'élimine que le strict minimum de ce que j'ingurgite. Je stocke. Je stocke. Je stocke. Et je m'enrobe de cellules adipeuses. Un pain aux raisins, bim ! ma fesse droite prend 200 grammes dans les gencives. Des haricots verts (faut bien de la verdure de temps en temps...), bam ! je prends 500 grammes dans les deux cuisses (ah oui, c'est vrai, ils étaient accompagnés de frites et d'une entrecôte sauce tartare aussi... J'avais oublié !). Une ~~part de~~ tarte, boum !, j'accuse 390 grammes dans mes joues qui adoptent immédiatement le look hamster.

Et je kiffe ! OUI, je le crie haut et fort ! J'adore voir mon ventre s'arrondir, et mon corps se transformer en sculpture vivante de Fernando Botero, car je sais que mes bourrelets ont une fonction essentielle : servir d'airbags au trésor que je couve. La nature a pensé à tout, et c'est beau...

Enfin, c'est beau... Certes... Mais cela ne va pas sans quelques soucis pratiques. Mieux vaut que je bannisse également les mots « string » et « bikini » pendant cette période et jusqu'à un certain temps après l'accouchement... Noooon, pas parce que c'est moche de porter ce genre de tenues quand on n'est pas filiforme, tant qu'à s'assumer autant le faire jusqu'au bout... C'est parce que mes fesses les avalent ! Pas juste un peu, comme « Oh la la ma p'tite culotte me rentre dans la raie, je vais tirer dessus élégamment au coin de la rue, en me tortillant comme un petit ver potelé. Aucune chance que quelqu'un s'en aperçoive... » (Mouaaiiis, c'est sûr, y'a pas plus discret !). Non, pas juste un peu, comme ça... Ma raie à moi les aspire littéralement... Et après, je ne les retrouve plus. C'est un MYSTÈRE, mais durant cette merveilleuse période qu'est la maternité, mon cul c'est le triangle des Bermudes pour sous-vêtements et maillots de bain sexy ! Ils disparaissent pour **TOUJOURS**.

Et il n'y a pas qu'eux...

À huit semaines de grossesse, je ne vois déjà plus ma foufoune... Hein quoi, qu'est-ce que vous dites ? Non, ce n'est pas laid ce mot, on dirait le nom d'une petite bête toute mignonne qui vivrait dans une forêt enchantée ! Non ? Bon, bah alors... Zézette ? Minou ? Kikounette ? Poupette ? Nénuphar ? Temple sacré de l'amour et de la luxure ?... Ooook, ça suffit ! Je tranche ! J'opte pour « mon endroit intime », ça fera l'affaire !

Je disais donc, à huit semaines, je ne peux déjà plus apercevoir mon endroit intime, parce que mes seins n'ont pas attendu pour doubler de volume et atteindre un 115 E... Il y a donc deux gros obstacles visuels devant mes yeux ! Vous me suivez... De là-haut, l'angle est nul... Et évidemment, ça va de mal en pis tout au long de ma grossesse.

À partir de la douzième semaine, mon bidon vient prêter main forte à mes nénés pour dissimuler mes parties basses, que j'ai de plus en plus de mal à voir, mais aussi à atteindre. Après mon sexe, mes cuisses, et mes genoux, ce sont mes pieds qui, au bout de vingt-quatre semaines, n'apparaissent plus du tout sur mon radar. Néanmoins, je sais qu'ils sont là, parce que j'ai encore la faculté de marcher, ce qui me permet d'aller me ravitailler.

Si je suis privée de mon rez-de-chaussée, quelques personnes soigneusement sélectionnées y ont un accès illimité : mon homme, mon esthéticienne, ma sage-femme, mon obstétricien et mon gynécologue.

Mon Prince, qui détient un Pass VIP, y descend régulièrement à partir de la vingt-quatrième semaine pour le plaisir de m'enfiler... mes chaussettes. Si je le fais toute seule, j'en ai pour trois plombes – il faut que je prenne des poses improbables et que je fasse des roulés boulés sur mon lit, c'est fatigant. Et pi' j'adore le voir à mes pieds !

Mon esthéticienne, qui est en charge de l'entretien de toutes les zones se trouvant hors de ma portée, doit impérativement et régulièrement débroussailler mon maillot. Vous imaginez le choc psychologique pour moi, si je laissais un ticket de métro et qu'au bout de neuf mois je retrouvais un plan de Paris !

Mon gynéco, quant à lui, organise souvent des visites guidées de mes parties intimes – avec commentaires audio pour mon Prince et moi-même.

Voici comment s'est passée la première visite pour mon premier bébé, à six semaines de grossesse...

Mon Prince et moi y sommes allés côte à côte, LUI en short et en tongs, les mains dans les poches, MOI en site touristique.

Le doc : Ça va être moins plaisant cette fois-ci, madame, m'a-t-il dit en enfilant un préservatif sur une sonde en forme de phallus.

Moi : Qu'entendez-vous par cette fois-ci ?

Mon Prince : *Muet. Blanc comme un linge, sa paternité prenant une tournure à laquelle il ne s'était pas préparé.*

Le doc : À ce stade précoce, il nous faut réaliser une échographie pelvienne. Ça y est ! J'ai introduit la sonde par voie endovaginale...

Moi : Merci pour l'info, j'avais bien compris que vous ne cherchiez pas votre montre !

Le doc : Voilà, nous sommes dans la paroi utérine. Où se cache-t-il, ce petit coquin ? Excusez-moi, je suis obligé de trifouiller pour le trouver...

Moi : *parlant fort pour que mon bébé m'entende* – OUI BAH, IL A INTÉRÊT À SE MONTRER VITE FAIT LE PETIT COQUIN S'IL NE VEUT PAS ÊTRE PUNI DE SORTIE JUSQU'À SES 18 ANS !

Le doc : Allons, allons... Patience et courage, ce n'est pas si terrible après tout !

Moi : *prenant soudain conscience qu'un homme bardé de diplômes de médecine reste avant tout un homme* (je crains que la masculinité soit incurable) *et donc dénué de psychologie féminine* (la seule qui compte) – Eeeet vous savez parfaitement de quoi vous parlez... DOCTEUR, parce que vous êtes souvent à poil, les jambes écartées, à vous les geler dans une pièce où apparemment l'économie de chauffage est une priorité, devant un inconnu qui vous palpe le ventre et laboure votre intimité avec une microcaméra, tandis que votre chère épouse vous observe ?

Le doc : *qui n'en avait visiblement rien à carrer de mon état émotionnel* – Rien à péter, moi je traite les gros bidons, pas les états d'âme ! – Ok, ce n'est pas ce qu'il a dit, mais je suis sûre qu'il l'a pensé très fort ! –, **le doc donc** : Ah voilà ! Ici. La petite tâche qui bat. Juste là où je mets mon doigt sur l'écran. C'est elle qui fait ce bruit « floflofl o ». Vous la voyez ?!

Moi : *en larmes, submergée par la joie* – Jiii vouiiiiis iiiilllimiiiiniiioooon.

Mon Prince : Non, j'vois pas. C'est où ?

Je kiffe donc mon gros bidon. Je rayonne de bonheur. Et en vous disant cela, je ne peux m'empêcher de culpabiliser une nouvelle fois d'être en si bonne forme quand je suis enceinte, alors que tant d'autres mamans gerbent durant toute leur grossesse ou presque...

Je voudrais donc à nouveau leur présenter mes *désolations*. Je n'ai qu'un conseil pour elles : n'oubliez jamais qui vous a mise dans cet état, et faites-lui payer !

Je suis heureuse.
Je dégouline de grâce.
Il n'y a qu'un seul hic :
c'est mon cerveau...

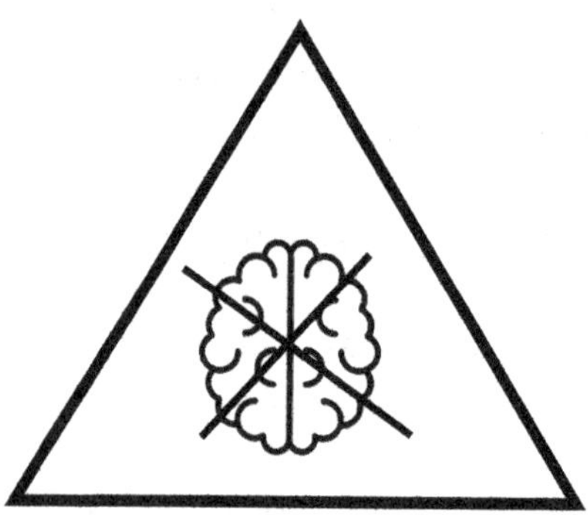

Pour les réflexions désagréables sur ma surcharge pondérale, les remarques désobligeantes en tout genre, et les conseils à la mord-moi-le-nœud dromadaire...
Veuillez-vous adresser au bureau d'en face... Merciiii !

J'ai constaté qu'il fonctionnait au ralenti durant mes grossesses. A priori, c'est normal ! Selon une récente étude, des scientifiques auraient démontré que le cerveau des femmes enceintes serait chamboulé par l'afflux d'hormones et tenterait de se concentrer sur son futur rôle de maman, délaissant quelques petites choses ici et là qu'il juge futiles, ce qui entraînerait des bugs et des trous de mémoires... Mouaiaiss... Le mien, j'ai plutôt l'impression qu'il se barre en vacances dès qu'il aperçoit le **+** sur le bâtonnet à pipi ! Malin le gars, il sait pertinemment que c'est sa dernière chance de farniente les doigts de pieds en éventail avant l'arrivée de bébé.

Je comprends mon cerveau. Vraiment. Toutefois ça ne m'arrange pas des masses qu'il prenne ses congés justement à cette période, parce que c'est un moment où j'aurais grand besoin de mon sens de la répartie.

C'est fou le nombre d'horreurs et de réflexions désagréables que je me prends dans la tronche quand je suis enceinte.

Souvent, les gens ne le font pas exprès. Même que parfois, au départ, ils veulent être gentils et pi', pam boum, ça dégénère, ils ne savent pas trop comment... Généralement, c'est juste qu'ils n'ont pas réfléchi avant de causer... Je me demande si leurs cerveaux à eux ne seraient pas en train de siroter un cocktail sur une plage de sable fin... Mmmmm... Si c'est ça, il serait temps qu'ils reviennent !

Il arrive aussi que ces gens nous infantilisent ou nous considèrent, nous et notre futur enfant, comme un tout. Le tout étant représenté par notre gros bidon. Ou qu'ils considèrent notre grossesse comme un permis pour être indiscrets et pour faire des commentaires sur notre vie ou notre personne, un joker pour faire fi des règles de bienséance les plus élémentaires.

Parce qu'on est d'accord qu'en temps « normal », un individu lambda considèrerait que faire un commentaire sur l'aspect physique d'un autre individu est terriblement impoli. On ne dit pas : « Votre tarin, ma pauvre ! C'est de naissance ? » ou, « Yurk ! Un conseil, évitez de sourire, vos dents sont couleur jaune dégueu ! » ou encore, « Beurk ! C'est quoi ce chtar près de votre bouche, c'est de l'herpès ? ». Alors pourquoi dire à une femme enceinte : « T'as grossi ! Combien de kilos tu as pris ? Au moins quinze, non ? » ou « C'est quoi ces marques marrons cracra bizarroïdes sur ton visage ? Un quoi ? Un masque de grossesse ? Béééwwouou... ».

De même, généralement, on ne fait pas d'allusions à la vie sexuelle des gens. On ne se permettrait pas de demander : « Bonjour madame Michault, votre mari vous a prise en levrette hier ? », alors pourquoi dire à une femme enceinte : « Vous avez remis le couvert ? » ou « Eh bah dis donc, ça y va ! », ou « La machine n'est pas encore cassée à ce que j'vois ! », ou « Vous voulez que mon mari explique au vôtre comment faire les filles ? ». On est d'accord ?

Encore une fois, les gens souvent ne sont pas méchants, ils parlent juste pour ne rien dire. De plus, il est important de noter qu'on peut tous et toutes être un *gens*, si on n'y prend pas garde ! Siiii, ça arrive à tout le monde ! À vous, à moi... À tout le monde !

Mais attention, il y a aussi des connards et des connasses qui essaient de nous blesser... À ne pas confondre avec les *gens*. Les connards et les connasses souffrent d'une pathologie dont les plus courants symptômes sont la jalousie, l'aigreur, la méchanceté, la mesquinerie, l'égoïsme et l'hypocrisie... Parfois ils nous entourent sans que nous en prenions conscience tout de suite – c'est le cas, par exemple, des *pas-vraiment-copines*, dont on a parlé un peu plus haut (mais siiii, ooooh pfff, c'est page 38, suivez un peu !). Et dans le fond, les connards et les connasses sont vraiment à plaindre, parce qu'ils sont malheureux. Bah si, je vous assure ! Quand on est heureux, on ne fait chier personne ! Néanmoins je préconise de les éviter, car ils sont souvent irrattrapables... Dépourvus de remise en question, ils ont une tendance à retourner les situations et à jouer les outragés si leur victime relève leurs attaques – c'est un cercle vicieux, la fuite est donc la seule issue !

Perso, la grossesse est une période où je croise un paquet de connards et de connasses. Je ne saurais dire si c'est un effet attractif provoqué par ma grossesse. C'est possible, car ces individus-là n'aiment pas le bonheur des autres, du coup ils essaient de le saloper.

Je ne sais pas pour les autres mamans, mais en ce qui me concerne, j'aimerais bien répondre à toutes les personnes qui m'enquiquinent. Le souci, c'est que mon cerveau ayant plié bagage avec mes ripostes, mon humour, mon bon sens et mon second degré, je suis seule et désemparée face aux piques en tout genre. À part rétorquer : « Maissss, qu'est-ce que... Maiaaiiss, n'importe quoi ! » – ce qui est totalement nul comme réplique –, ou rentrer chez moi et chialer en me goinfrant de pâte à tartiner, je ne fais pas grand-chose...

Aaaah, si mon cerveau avait été en pleine capacité de ses moyens durant mes grossesses...

Que j'aurais aimé clasher les *gens*, les connards et les connasses quand ils me faisaient des commentaires sur mon physique ou des remarques sur ma soi-disant irresponsabilité, quand ils me donnaient des conseils à deux balles ou qu'ils me racontaient des histoires horribles sur les grossesses de personnes qu'ils n'avaient même jamais croisées : « Je connais une femme qui a accouché d'un bébé à trois têtes. Vrai de vrai ! ». Je vous propose un florilège des situations que j'ai vécues et auxquelles je vais ajouter la répartie que j'aurais aimé avoir à ce moment-là – rien que pour le plaisir !

Les commentaires sur mes rondeurs

Une vague connaissance, rencontrée dans un supermarché, à qui je n'avais vraiment aucune envie de raconter ma vie, mais qui voulait quand même la connaître :

— Bonjouuuuur, ça fait longtemps que je ne vous ai pas vue ! Mais qu'est-ce que je vois là ? Vous avez mis le deuxième en route… Et bah, votre Prince n'a pas chômé ! Et c'est qu'on se porte bien ! Ça alors, c'est impressionnant ! Vous attendez des triplés ?!

— NON.

— Ah… Vous allez bientôt accoucher alors ? Parce que dites donc…

— Dans trois mois.

– Ah mais... Oulala ! C'est qu'on profite de sa grossesse ! On mange bien à la cantine ! HA HA HA... C'est qui votre gynéco ? Il a vérifié votre taux de diabète ?

Là, si mon cerveau avait fonctionné, il aurait répondu :

— Et vous, madame Michault, votre cholestérol où il en est, parce que dites donc, vous avez sacrément pris du cul ! Moi, j'attends un bébé, et vous c'est quoi votre excuse ?!

GENS

Une membre de la « belle » famille, ce qui ne m'empêche pas de la ranger dans les connasses catégorie poids lourd :

— Tu devrais arrêter de te goinfrer comme ça. Tu vas grossir, déjà que…

— Oui, j'espère bien que je vais grossir, c'est une GROSSESSE. C'est NORMAL ! Y'a une petite indication dans le mot ! Et pi' je sais que c'est la crise du logement, mais bon si je peux offrir un loft à mon fils, pourquoi me contenter d'une chambre de bonne ! Et je ne relèverai pas le « déjà que ». Ça ira pour cette fois, maintenant circule !

Enfin, même si mon cerveau avait fonctionné de la sorte, elle aurait probablement retourné la situation en répondant :

— Oh la la, qu'est-ce que tu es susceptible ! T'es pas facile, hein ! Quel caractère tu as !

CONNASSE

Mon troisième enfant quand j'attendais son frère :

— Maman, t'es rigolote avec ton gros ventre, on dirait le Père Noël !

— Il n'existe pas !

Maaaiiiiss noooon, c'est pour rigoooler... Comme qui dirait pour détendre l'atmoooosphère.

ADORABLE

Les histoires horribles qui m'ont empêchée de vivre ma grossesse sereinement, comme si j'en avais eu besoin...

(Eh les gens, j'avais déjà assez d'imagination pour m'angoisser toute seule, merci !)

Il y a toujours eu des personnes pour me raconter des anecdotes abominables, réelles ou pas, sur des grossesses à problèmes et des accouchements qui se sont mal passés. C'était souvent des femmes d'un âge avancé, qui s'ennuyaient beaucoup, et qui se disaient probablement : « Tiens, si j'allais taquiner de la baleine ? ».

Une dame qui n'a pas compris que le silence est d'or, et qu'on évite d'asperger les autres avec son caca verbal :

— Bonjour ma jolie, alors tu en es où ?

— À sept mois.

— Tu ne sais pas ce qui est arrivé à la fille des voisins de la cousine de mon beau-frère ! a-t-elle poursuivi tout en caressant son chihuahua, à sept mois de grossesse, justement ! Elle a accouché prématurément ! Et elle est morte des suites de sa couche. Le petit, lui, est encore sous couveuse... Bah bah bah bah, pauvre petit, commencer sa vie sans sa mère, avec un rein en moins et des poumons flétris... Bah bah bah...

Mon cerveau n'aurait rien pu rétorquer, parce que j'étais vraiment triste pour tous ces parents qui vivent des choses aussi terribles...

Mais voilà, ce qu'il aurait pu faire s'il était revenu de ses vacances (cette grosse feignasse !) quand j'ai revu cette dame deux semaines plus tard... Et si j'avais été une connasse... Ok, ça fait beaucoup de si... Mais allez, pour le plaisir d'imaginer la scène :

— Bonjoooouuur, comment ça va ? Votre fils m'a dit que vous aviez un panaris au pied ! Vous savez, mon amie a une tante de votre âge qui avait la même chose. Les médecins lui ont dit que tout allait bien... Et boum, l'infection a attaqué sa jambe sans que personne ne s'en rende compte, et bam, on l'a retrouvée raide morte sur le tapis de son salon deux semaines plus tard. Son petit chien

tenait son gros orteil dans sa gueule… Il devait avoir faim le pauvre, ça devait faire un moment qu'elle n'était plus en mesure de le nourrir… Si ça se trouve, ça faisait des jours et des jours qu'elle était à l'agonie… Bah bah bah bah bah… Enfin, en quelque sorte, il s'est servi tout seul… Bah bah bah bah bah bah bah…

GENS

Les commentaires sur le fait que je suis entièrement responsable de la détérioration de notre monde et de notre système social – oui, c'est moi, toute seule !

Un « pseudo TDH » (Torturé-par-la-Destinée-de-l'Humanité) :

— Pourquoi vous faites des enfants ? Vous ne voyez pas le monde dans lequel on vit ?! Qu'est-ce que vous allez leur léguer, hein ?! C'est n'importe quoi…

Alors là, mon cerveau aurait peut-être hésité entre :

— Tu en veux à tes parents ? Sache que je ne les connais pas, mais là tout de suite, moi aussi !

Ou :

— Eh bah, écoute, je vais commencer par leur apprendre qu'on sauvera le monde grâce à l'amour et au respect... Et surtout pas, en se pointant devant une femme enceinte de six mois pour lui dire que son gosse est une aberration !

CONNARD

Un « *Moi, je* » (Moi, je sais, Moi, j'ai le droit, Moi, d'abord...) :

— Ah bah, vive les allocations familiales ! On devrait arrêter de subventionner les poules pondeuses ! Ça réglerait le déficit de l'État !

Mon cerveau aurait encore hésité entre :

— Vous avez tout compris, j'ai fait le hold-up du siècle ! Mon gros bidon est un coffre-fort ! Chuuuut, ne le dites à personne !

Ou :

— Vous croyez vraiment que je me suis mise dans cet état pour une centaine d'euros par mois, alors qu'éduquer mon enfant va me coûter six fois plus ? Vous aviez des bons résultats en maths à l'école ?

Ou :

— Ça va mieux votre dépression ? Ça va faire trois ans maintenant que vous êtes en arrêt maladie, si mes calculs sont exacts...

CONNARD

Les commentaires sur ma sale tête

À la première grossesse, j'avais plutôt une jolie mine – une femme enceinte a une belle peau, des cheveux scintillants et des ongles solides... Les hormones ne ramènent pas que des emmerdes.

Mais aux suivantes, j'étais déjà maman d'un, puis de plusieurs chenapans, dont je devais m'occuper (c'est mieux quand même... J'ai bien essayé de leur donner un couteau suisse et un paquet de chips pour qu'ils se démerdent tout seuls dans la vie, mais ça n'a pas été très concluant !). J'étais donc méga crevée, et c'était inscrit sur ma face... Mais je le savais, ce n'était pas la peine de remuer le couteau dans la plaie !

Une collègue, mère idéale, car célibataire et sans enfant :

— Tu as une de ces mines ! Pourquoi tu ne prends pas soin de toi ? Tu sais, ton Prince va aller voir ailleurs si ça continue...

— Euh, attends voir, pourquoi je ne prends pas soin de moi déjà, ah oui, j'ai PAS LE TEMPS, parce que j'ai déjà deux enfants sur les bras, un autre en route, un chat, un poisson rouge, un mari qui ne trouve jamais ses chaussettes et un job à plein temps de Princesse avec des collègues qui me saoulent avec leurs questions à la con[12].

— Oh mais moi je voulais juste te rendre service...

— Ah bah oui, parce que me dire que j'ai une sale tête, ça m'aide, c'est sûr...

— Moi, quand je serai enceinte, je ne me laisserai pas aller... Je ne serai pas de ces mères qui arrêtent de s'épiler les aisselles et qui ne prenne plus la peine de se maquiller... Hors de question !

— Ah oui, moi aussi, j'étais une mère exceptionnelle, avec mascara et zéro poche sous les yeux, avant d'avoir des enfants !

— Oh la la, qu'est-ce que tu es stressée ! Pourquoi tu ne viendrais pas à mon cours de yoga le matin avant le boulot ? Ishan, le prof, est fabuleux !

— Ok... Apparemment, tu n'as pas tout imprimé...

---

12. 1 euro - Cling !

Je vais être plus claire : j'ai dix minutes entières à dédier à ma personne par jour, et je les consacre à me laver le popotin. Si je te suis chaque matin à ton cours de yoga, je vais devoir faire une croix sur ce rituel sacré et je crains qu'à la longue mon odeur corporelle n'importune Ishan, tout fabuleux qu'il soit !

GENS + CONNASSE

(Un peu des deux)

Une ex-copine que j'ai aidée lors de ses deux déménagements, que j'ai consolée des heures et des heures quand son mec l'a plaquée, qui m'a confié son boxer français des dizaines de fois, boxer dont la grande passion est de manger son propre caca et de s'en foutre partout – si si, c'est important de le signaler –, et à qui je n'ai demandé qu'un seul service en cinq ans d'amitié... J'aurais mieux fait de m'abstenir.

— Oh mon Dieu, la tête que t'as ! Tu tiens à peine debout ma pauvreee... Tu devrais te reposer ! Arrête de toujours en faire autant pour les autres, pense à toi !

— Je sais, mais j'ai mes enfants, il faut bien que je m'en occupe...

— Demande de l'aide !

— Tu serais d'accord toi pour rester une heure de plus que je puisse aller faire une sieste ?

— Oh noooon, désolée ma cocotte, c'est mon jour de congé ! Et j'ai ce truc-là, qui ne peut pas attendre. Je venais juste te raconter mes problèmes au boulot, et chercher cette lettre de motivation que tu as eu la gentillesse de m'écrire... Tu me sers un autre café, je finis ce que j'avais à te dire et je file... à ce truc, là...

Mon cerveau n'aurait rien répondu, même s'il avait été là. En revanche, il l'aurait casé dans les ex-copines illico presto, et l'aurait foutue à la porte. Au lieu de ça je me la suis coltinée encore un moment... Avant que mon bon sens qui était dans les valises de mon cerveau – je vous le rappelle – ne revienne et ne fasse le ménage !

CONNASSE

Les remarques sur komment kon va lui donner à manger, à c'te bb...

Lucie, le diable incarné en parent d'élève, que je fuis mais qui finit toujours par me retrouver :

— Tu vas le nourrir ?

— Euh bah non, je pensais le laisser mourir de faim !

Des fois, quand je sens qu'une connasse va dégainer, je tente l'humour pour éviter la balle, mais ça ne marche pas... Elles sont très premier degré, les connasses.

— Non mais tu es bête ! Je voulais dire : est-ce que tu vas lui donner le sein ?

— Oui.

— Mais c'est quoi cette mode ? Elles sont toutes là avec leurs bébés accrochés à leurs tétons, on dirait des vaches laitières !

— Euh bah, en fait, c'est assez ancien... Depuis l'apparition de l'être humain, je crois...

— Remarque, je suis certaine que ça t'ira vachement bien !

— Et toi, ton nez de cochon, il doit être bien pratique pour dénicher la merde quand tu te vautres dans la boue ! Non ?

CONNASSE

Si je n'avais pas opté pour l'allaitement, Lucie-fer aurait trouvé une autre remarque désobligeante. Les mamans qui choisissent de ne pas donner le sein en entendent également des vertes et des pas mûres.

Je vais être sérieuse deux minutes avant de reprendre la rigolade : mes chéries, allaitement pas allaitement, faites ce que vous sentez, si vous êtes heureuses, bébé le sera ! Quoi qu'on fasse, de toute manière, y'a toujours quelqu'un pour avoir à y redire ! Et la grossesse, ce n'est que le début. Ensuite, on (toujours les mêmes) critique votre façon de porter bébé, les couches que vous lui avez choisies, les purées que vous lui préparez, la manière dont vous l'habillez... Et puis, c'est le tour de votre éducation, de la crèche ou de l'école que vous avez choisie...

Et tout ça fera peut-être l'objet d'un prochain ouvrage, mais pour le moment, j'aimerais vous parler de mes BB.

LES BONS CONSEILS DE CENDRILLON

Pour savoir si votre Prince vous écoute, glissez des aberrations dans votre conversation :

Du style :

— J'ai eu la visite d'une douzaine de babouins. Ils cherchent un roi. Ils veulent te proposer le job.

Ou :

— Une famille d'extraterrestres s'est installée dans le jardin. Ils viennent de Splurk. Ils font des cacas jaunes à petits pois verts, surtout ne me demande pas comment je le sais !

TOUTEFOIS, évitez les phrases à tendance réaliste, qui pourraient porter à confusion.

Du style :

— Ta mère a appelé. Les médecins ont enfin posé leur diagnostic. Ta sœur est une courge.

Pourquoi les Princes et les enfants remettent des paquets de gâteau vides dans le placard ?

Croient-ils qu'ils vont se remplir comme par magie ? Ils se croient dans un conte de fées !

Peut-être qu'ils ne savent toujours pas où se trouve la poubelle... C'est la réponse la plus réaliste. Oui, même si elle est énorme, rose bonbon et qu'elle trône au milieu de la cuisine. Ils rateraient un mammouth assis sur le plan de travail !

Se réjouissent-ils à l'idée que le prochain visiteur va vivre un ascenseur émotionnel ?

— Ah super, il en reste ! Ooooh, nooon, c'est viiideeee...

Dans ce cas, puis-je suggérer de déposer des boîtes vides sous le sapin ? Histoire de les vacciner...

POURQUOUWAAA !!?

Pourquouwaaa, quand on peut enfin s'échapper de la maison avec notre chéri pour un dîner au restau, tout est bon pour parler de nos enfants, parce qu'ils nous manquent troooop ?

— Ils auraient adoré cet endroit ! Hein, c'est vrai, mon doudou, qu'ils auraient adoré ?

— Oh regarde, les chaises sont bleues, et justement je leur ai achetés des t-shirts de cette couleur hier. Oh la la, j'y crois pas ! Zieute les tableaux au mur ! Y'en a quatre, pas deux, pas trois, quatre ! C'est quand même fou, tous ces signes ! On aurait dû les emmener !

À nous entendre, une soirée sans eux, c'est une torture. Ce qui nous amène à une autre question.

Pourquouwaaa de retour à la maison, après trente minutes en leur compagnie, on échafaude déjà le prochain plan d'évasion ?

CHAPITRE 4

Dans une forêt sombre et glaciale, vivait un méchant ogre qui mangeait des petits n'enfants... STOP ! On arrête tout... C'est n'importe quoi ! Qu'est-ce que les contes de fées ne vont pas chercher ! Il y a bien plus simple pour faire flipper les lecteurs petits et grands... Il suffit de leur raconter un accouchement !

Les *Big Boucheries*… BB en abrégé, à ne pas confondre avec « bébé »…

Dans le chapitre précédent, je vous ai dit qu'on pouvait tous être un *gens*. Siiii, je l'ai dit… Si vous n'êtes que deux à suivre, on ne va jamais s'en sortir ! Concentrez-vous un peu, merciiii… Je disais donc : on peut tous être un *gens*. Par exemple, si là tout de suite, je décide de vous faire le récit de mes accouchements a-bo-mi-na-ble-ment douloureux, alors que parmi vous, il y a peut-être des mamans qui vont bientôt y passer et qu'elles flippent déjà assez comme ça, je serai automatiquement propulsée dans la catégorie *gens* pour toute la durée de mon récit sur ce délicat sujet. On est d'accord ? Et on est aussi d'accord que je l'aurai bien mérité ! C'est logiqueeee… Dans ce cas, c'est parti…

Voici l'histoire de mon premier accouchement, the first Big Boucherie !

« Respirez… Imaginez votre enfant prêt à venir au monde… Votre utérus fait son travail… Votre vagin s'ouvre… Accueillez votre bébé… Il vous connaît déjà, et vous le connaissez… »

Euh, pardon, c'est parti tout seul…

Réaction post-traumatique. Vous savez, comme ces soldats qui plongent sous les tables en entendant un bouchon de champagne péter, et bah moi ce sont les mots : contractions, sage-femme, utérus, périnée, cordon ombilical, salle d'accouchement, layette, bonnet, sonde, allaitement, soliflore (oui, oui soliflore : au cours collectif de sophrologie pour les gros ventres à ma deuxième grossesse, la sage-femme nous demandait d'imaginer que notre vagin en était un). Bon, laissez tomber, la liste est trop longue !

J'adore les sages-femmes, vraiment ! Si, je le jure ! Juste... J'aimerais savoir pourquoi elles nomment la préparation à la délivrance « Cours d'accouchement sans douleur ». Elles pourraient appeler ça : « Comment encaisser la pire douleur de toute sa chienne de vie », ou « Comment se faire caca dessus sans perdre sa dignité », ou bien « Insultez votre mari avec classe entre chaque hurlement », ou encore « Vous allez supplier qu'on vous achève ». Ce serait plus en adéquation avec la réalité, non ?

À la limite, je trouve ça plus honnête quand il y a le mot *sophrologie* dans l'intitulé du cours, parce qu'on entend bien le mot « souffrir » dedans. On sait qu'on va douiller, mais on y va. Et aussi, pourquoi il n'y a pas de *nota bene* :

« Attention, les techniques que vous allez apprendre ici ne fonctionneront que si vous acceptez la péridurale – en admettant que l'anesthésiste vise correctement... Et que ça ne soit pas trop tard pour la faire. Se reporter aux mentions légales. BONNE CHANCE ! »

Et puis, il y a accouchement et accouchement, non ?... Entre Natacha, qui accouche sans péridurale de sa première petite poupinette d'à peine 3 kg après 25 minutes de travail, et moi qui, le même jour, pond mon premier mastodonte de 4,8 kg après 38 heures de travail sans péridurale - pas par choix, *pour raison médicale* -, il y a une sacrée différence, non ? Attention, je ne dis pas que Natacha a démérité, mais vous avouerez qu'on ne joue pas dans la même catégorie toutes les deux !

Y'en a une - devinez laquelle ! -, qui a regardé la pendule dans la salle de ~~torture~~ délivrance en se disant à chaque minute : « Ça y est, c'est maintenant, la Grande Faucheuse va passer me prendre ! Adieu, oooh, monde crueeeel ! ».

Et l'autre qui a à peine eu le temps d'écarter les jambes et de les poser sur les étriers.

Il y en a une qui a eu la terrifiante impression que le bébé construisait un tunnel parallèle à son vagin pour essayer de sortir (pas con le gosse : il avait compris que sa masse corporelle était disproportionnelle à l'espace intime de sa mère) !

Et l'autre qui a cligné des yeux – hurlé un chouïa histoire de prévenir que quelque chose allait sortir –, et boum, c'était fini.

Attention, je ne dis pas que Natacha n'a pas eu affreusement bobo. Mais, pour que vous compreniez bien, c'est comme si l'une avait sauté d'un avion sans parachute (Ok. C'est horrible. Pas beau à voir, mais rapide. Pas le temps de réfléchir qu'on va faire *splatch* !), tandis que l'autre était descendue d'un hélicoptère (moins confort, moins stable) en rappel, tout en sachant pertinemment que la corde était trop courte et qu'elle allait se vautrer comme une merde !

C'est comme si l'une avait sorti une noix de cajou, et l'autre une noix de coco. Ça fait pas pareil !

Bon d'accord, probable que Natacha se nourrissait de haricots verts, de viande blanche et de quinoa durant sa grossesse, tandis que je privilégiais la gastronomie italienne, ce qui expliquerait entre-autre chose la différence entre sa crevette et mon homard… Mais quand même !

Entre parenthèses, il aurait été admirable que, grâce à mon comportement alimentaire irresponsable, mon bébé parle couramment la langue de Leonardo Da Vinci dès sa naissance : *parmiggiamo, prosciutto, pasta, tortelloni, pizze, tiramisu…*

Et puis 3 kg ! 3 kg ! Non, mais… J'aurais pu l'éternuer, sa crevette ! Et hop, par les trous de nez ! (Pardon Natacha, c'est pas joli-joli ce que je fais là !)

… Et il était où mon Prince charmant dans tout ça ? Eh bien, comment vous dire…

Tandis que le mec de Natacha filmait l'événement tout en lui épongeant le front de temps à autre…

« Tu vas y arriver, ma noisette ! Non, pas maintenant, pas maintenant je te dis ! Je n'ai plus de batterie ! Serre les cuisses ! Ferme ton vagin ! On peut la remettre à l'intérieur trente secondes ? Non ? Meeerde, j'ai loupé le meilleur ! »

Mon Prince avait commencé à filmer le début, puis il s'est avachi sur un sofa après avoir demandé mille fois aux sages-femmes si c'était pour aujourd'hui ou pour demain... C'était pour demain ! Il était épuisé, le pauvreeeee ! Ceci dit pour sa défense, c'est plus difficile de couvrir un marathon qu'un 100 mètres haies ! Et puis, il a bien fait de se reposer, parce qu'une fois remise, je lui en ai mis plein la gueule :

(Lire avec la voix de la bouteille d'Orangina qui tient une tronçonneuse dans la pub de 1997, ou celle du Capitaine Caverne, au choix)

Mon petit doigt me dit qu'il s'y était préparé !

Les futures mamans doivent se dire : « Mais c'est horrible, comment je vais faire ?! Mais comment je vais faire ?! Je te préviens, t'as pas intérêt à sortir, toi ! Tant pis, je vais rester enceinte toute ma vie, j'vois qu'ça ! ».

Mais non, mais non... « C'est rentré, ça sortira ! », comme disait ma grand-tante, poétesse à ses heures. Et puis, « Tu oublieras, ma fille. Et tu recommenceras ! », comme disait ma mère. Pas faux ! J'ai recommencé. Trois autres fois.

> Bonjour, je m'appelle Cendrillon et je suis accro aux bisous et aux petits pieds potelés depuis douze ans maintenant. Je produis mes propres dealers, c'est pratique mais je morfle !

Et puis avec un peu de chance, vous ferez partie de ces mères donneuses-de-leçons-devant-l'Éternel, pour qui c'était « une expérience incroyable et indolore ». Celles qui veulent vous faire croire qu'elles étaient fraîches comme des roses à peine avaient-elles éjecté leur gamin de leur utérus. Celles qui ne comprennent pas pourquoi les autres femmes se plaignent d'avoir eu mal... Y'a vraiment pas de quoi !

Voici quelques spécimens.

À NOTER : LES SCÈNES QUI VONT SUIVRE SONT CERTIFIÉES 100 % VÉCUES (Je préfère le préciser, parce qu'on pourrait croire que ça n'existe pas des nanas comme ça... Et bah, si !)

Spécimen n°1 :
Julie a accouché sous péri, mais le regrette amèrement.

« Ça fait pas si mal que ça en fait... m'a dit un jour Julie, alors que je ne lui avais rien caché de ma première *Big Boucherie*.

– Euh, ah, tu trouves ? Mais, dis-moi, tu ne m'as pas dit qu'on t'avait posé la péri dès que tu es arrivée ? ai-je questionné innocemment - histoire de lui faire entendre un truc qu'a priori elle n'avait pas envie d'entendre.

– Ouaiais... Mais avant tu vois, j'ai eu quelques contractions. C'était un peu comme le premier jour de mes règles.

– OUI. Comment te dire (*sans exploser ta tronche !*) ? C'est plus tard que ça fait mal... Vraiment beaucoup... Beaucoup... Sinon - vois-tu - personne ne se serait fait chier à inventer la PÉRIDURALE dont tu as BÉNÉFICIÉ !

– Ouaiais. J'chais pas. Nos mères ont accouché sans[13]. Et puis, j'suis pas du genre douillette, MOI. La douleur, tu sais, c'est une question de perception. Ça dépend de chacun, tu vois !

Par mon pouvoir princier, je t'adoube reine des Connasses !

– Écoute, j'ai une idée fantastique, ma chériiiie. Tu m'as bien dit que Benjamin et toi en vouliez un

13. Je crois bon d'évoquer ma théorie que je n'aurai malheureusement pas le temps, ni le courage de développer : ce ne serait pas à cause de ça que nos mères essaient inconsciemment de nous pourrir la vie, surtout à l'adolescence, justement quand on est en âge de procréer ? Réaction post-traumatique !

deuxième. Chiche que tu le fais sans ! Top-là ! T'es trop forte, TOI ! Ce sera *fingers in the nose* !

– Ouais enfin je verrai...

– Ah non, hein, tu ne vas pas rater cette grande aventure, pense à nos mères !

– OK !

– Ah ! À la bonne heure ! Mais promets-moi que tu le marques noir sur blanc dans ton dossier médical, que tu ne veux surtout pas la péri, sinon ils seraient capables de te la faire de force (quand tu supplieras le dieu anesthésiste). Tu sais comment ils sont dans les hôpitaux, tous des chochottes ! »

Mais non, je ne suis pas perfide – je pars juste du principe qu'on n'apprend jamais mieux que par soi-même !

Spécimen n°2 :
Caroline, psychologue, qui assure grave.

« Non mais, si tu prépares ton accouchement, ça se passe comme sur des roulettes. Crois-moi ! L'esprit parle au corps et vice versa ! Écoute-moi, et ton deuxième devrait se passer en douceur ! Un accouchement bien préparé se passe dans les plus brefs délais. Hi Hi Hi ! m'expliqua Caroline, lors d'un cours que nous avions en commun d'accouchement avec préméditation. Pour sa défense, elle était encouragée par la publicité mensongère de la sage-femme qui faisait cours ce jour-là.

— C'est ton premier, n'est-ce pas ? m'aventurais-je alors.

— Je te vois venir. Tu sais, c'est mon métier de voir venir les gens – jeté de cheveux en arrière –, je suis psyyy[14]. Mais crois-moi, ça n'a rien à voir ! Tout est dans la tête ! Mais bon, c'est difficile comme ça, de but en blanc, entre deux portes ! Passe me voir au cabinet si tu veux !

14. Vous allez vraiment finir par croire que je leur en veux… Je ne peux pas vous en empêcher.

— Merci à toi (grande prêtresse de la sagesse sans expérience). Mais je vais décliner. Je n'ai pas le temps. Je suis mère. BONNE CHANCE !

— C'est gentil, mais je n'en ai pas besoin ! TOUT-EST-DANS-LA-TÊ-TE ! articula la psyyy en ma direction, comme si j'étais demeurée, tandis que je m'éloignais à grands pas.

On aurait pu s'arrêter là. Mais voyez-vous, j'ai obtenu la preuve incontestable qu'un Être supérieur existe, car j'ai revu Caroline quelques semaines après son accouchement, comme par hasard, dans la rue. (MERCIIII ! BIG UP À TOI TOUT EN HAUT !).

— Cedrllon, jicru snif qu'iopmmmhgcjheiiiiiin ! me dit la psyyyy.

— Quoi ? Écoute, je veux bien t'aider, mais je ne comprends absolument rien. Pourquoi tu chiales comme… une Madeleine ? Oh mon Dieu, j'ai compris ! J'ai compris, oh la la oh la la ! Ta tête affreuse ! Tes cheveux en bataille ! On t'a agressée, c'est ça ! Ton sac ? C'est ton sac ? m'inquiété-je, toute mignonne dans ma nouvelle veste en coton.

— rgith ni lopwouheinnnnnn !

– Complètement inaudible ! Parle avec les mains ! C'est parti pour la charade ! L'agresseur était seul. Il était petit. Très petit ?! OK. Continue ! Moche ? YES ! Suis trop forte à ce jeu ! Avec des grands pieds ? Un Yobbit ? Bullom ?! Caroline, je ne voudrais pas te vexer, mais tu sais que c'est un personnage de fiction, tout moche et visqueux, qui n'existe que dans l'imagination d'une fée chtarbée, et dans son best-seller *Le roi des alliances* ! Tu le sais ça, hein ? Maintenant tu secoues les mains ? Tu secoues encore les mains... Ah OUI, trouvé ! On annule tout. Maintenant recommence ! Mais si recommence, je vais y arriver ! Ton ventre. Mal. Horrible.Tordre. Bullom t'a tapé dans le ventre ? Le SALOPARD ! Tu mords ta main, là !? Tu... Tu fais un doigt d'honneur... Écoute, tout compte fait, je n'y arriverai pas, je t'emmène au commissariat ! Ils essayeront de comprendre...

– Je je je...

– ACCOUCHE ! BON SANG !

– GRAAAOUGHAAAAAAAA....

Indéfinissable, ce qui est sorti de sa bouche était indéfinissable, mais c'était puissant, terrifiant à vous glacer le sang et ça semblait venir de très loin, du plus profond de ses entrailles.

— Pardon. Pardon. Pardon. Je ne voulais pas te brusquer. J'ai capté : réaction post-traumatique. Je n'ai pas fait psyyy, mais je suis passée par là !

Effet désirable, elle s'est débloquée :

— C'était horrrrriiiible. Je suis tombée sur un maïeuticien[15] en stage...

— Il venait d'Angle... d'Angleterre. Il a dit que c'était mi-mieux sans piriiiiiii, que la pirriii elle ralentissait le travail, que c'était comme ça qu'on faisait chez eux, là-bas sur leur île... Alors moi j'ai essayé de tenir, je te juuuuuree, j'ai essayé ! Maismaimais ça a duré des heures et des heures et des heures... Etetetet quand j'ai-je l'ai menacé de le tuer, lui et tous ses proches, s'il ne commandait pas un anesthésiste d'ur-d'urgence, il a caché son nom sur sa blouse, vite fait bien fait, et il m'a dit que c'était trop taaaaard ! TROOOOP TAAAAARD ! J'aiii pas pu faire autremeeent. J'ai cru que j'allaaaaiiiis mourrrriiiiirrr. C'était Waterloooo !

Bon là, j'aurais pu chanter avec la voix d'une cantatrice comme dans un opéra tragique :

15. Ou sage-femme homme, pour celles qui n'ont pas révisé – haaannnn, c'est pas bien ! Au passage, vous noterez la pertinence de ces deux expressions : on ne pouvait décemment pas mettre sage et homme à côté l'un de l'autre !

— Et tu n'avaaaaais pas préparéééééé ton accouchement ? Tssstssstsss, il faut faire ses deeeevoirs !

Mais j'ai juste répondu :

— Je sais, cocotte. Je sais. TOUT-EST-DANS-LE-VA-GIN.

J'ai un cœur quand même (bah si !).

— Je sais que tu saaaaiiiiis. Wouheinnnn... a morvé la psyyy sur mon épaule.

— Je vais prendre ça comme des excuses ! ai-je murmuré, les larmes aux yeux en pensant à ma jolie veste que j'allais devoir brûler en rentrant.

Ce jour-là, j'ai compris deux choses :

➨ Que Bullom n'aurait ni frère, ni sœur. Caro n'était vraiment pas belle à voir - certaines se relèvent du champ de bataille, quand d'autres y restent. *That's life, there is nothing you can do about it!* Traduction : c'est la vie c'est comme ça ! Oui, j'ai besoin de traduire ! On n'a pas tous fait Anglais première langue à l'école, je vous signale ! Y'en a qui ont pris Espagnol, d'autres Allemand ou Italien... Y'en a même qui ont pris Latin, alors (mais qu'est-ce qui leur est passé par la tête à ceux-là ?!).

➧ Que la croissance de la population anglaise ne tenait qu'à une aiguille. *God Save The Pirrriiiiii !*

Spécimen n°3 :

Virginie, féministe convaincue quand ça l'arrange, ancienne mangeuse d'huile de palme, ancienne conductrice de 4x4, ancienne consommatrice abusive de fringues fabriquées au Pakistan et de rouges à lèvres testés sur des phoques, qui essaie de se refaire une virginité en se la jouant écolo-naturo-bio.

— MOI, je dis NON à la péri ! NON, NON et NON ! C'est contre nature ! Et regarde, dans certains pays, les femmes accouchent dans les champs ou sous une tente, et hop, elles retournent travailler avec leurs bébés dans le dos ! Parce que c'est NATUREL ! Ce n'est pas une maladie, mince alors ! s'agaçait Virginie, accoudée au plan de travail de la cuisine tandis que je préparais les salades qui allaient accompagner les brochettes pour notre barbecue-ce-dimanche-les-enfants-joueront-ensemble-dans-le-jardin-ils-nous-lâcheront-on-sera-tranquilles.

Non mais c'est vrai, ça ! Elle avait raison, Virrrgiiiinie ! D'ailleurs, pour que vous vous imprégniez mieux de l'essence de sa pensée, quelques précisions sur son cas perso :

Virginie s'est arrangée avec son obstétricien pour avoir ses deux enfants par césarienne avant terme, dans une clinique chic et discrète (comprendre non regardante question déontologie et pas bavarde sur ce qui se passe entre ses murs), parce qu'elle avait décrété que son bassin était trop étroit, et qu'il devait le rester. Et dire que je pensais que c'étaient les docteurs qui décrétaient, quelle cruche je fais !

Quand je lui ai demandé – la première fois – si c'était une idée judicieuse de se faire ouvrir le ventre, Virginie a pointé son doigt vers le bas :

— Pas question qu'une grosse tête déforme ça, et puis ce machin-là doit faire mal quand il passe, non ? Là, c'est rapide, planifié, organisé. Y'a plein de gens célèbres qui font ça ! Ça simplifie la vie !

J'ai déjà des rendez-vous de prévus avec mon coach pour la semaine après la naissance.

Virginie allait donc mettre au monde ~~un machin~~ un bébé comme on va au Mac Go.

— Euh, oui, enfin, vas-y mollo quand même, c'est un acte chirurgical. Il peut y avoir des séquelles. Y'a des nanas qui ont mal à en crever après..., m'étais-je juste entendu dire, à court d'arguments. Décidemment, qu'est-ce que je suis cruche !

Sa décision était prise. Nul ne doit juger. Nous agissons toutes selon des raisons qui échappent aux autres parfois. De plus, on porte toutes des bagages qui ne nous appartiennent pas, des vielles malles poussiéreuses que nous ont refilé nos mères, nos grands-mères, nos arrière-grands-mères... Remplies d'angoisses, de traumatismes, de préjugés, de névroses... Et de bons bidules aussi, comme la recette de la tarte aux poireaux à la crème fraîche. Demandez à n'importe quel psyyy, il vous le confirmera ! NON, je ne retourne pas ma veste ! Je n'ai jamais dit que ça ne servait pas les psyyys, que je sache !

Néanmoins, ce jour-là, en entendant Virginie déblatérer sur la formidable expérience des femmes qui accouchent à même le sol des rizières et qui retournent au taf illico presto, j'avais une légère envie de jouer au foot avec ses implants mammaires.

— Ah oui, tu parles de ces pays où les femmes accouchent à 16 ans et meurent à 35, c'est vrai que ça fait rêver ! évoquais-je avec un rictus qui signifiait clairement : « Arrête de raconter n'importe quoi, MERCI ! ».

— Oooh ! Tout de suite madame je-dramatise-tout ! (*Non mais, ils vont me lâcher avec ça !*) Regarde, l'ex-ministre, qui a repris le travail prestement, et cette présentatrice télé, comment c'est son nom déjà, je l'ai sur le bout de la langue !

Ah non, il n'était pas assez clair le rictus.

— C'était la ministre de l'Agriculture, peut-être... Elle travaillait dans un champ ? Quant au boulot de présentatrice, consiste-t-il à creuser, planter, arracher à quatre pattes des mauvaises herbes sous un soleil de plomb ou sous une pluie battante avec un bébé accroché au sein ? Non, parce qu'il faut me mettre au courant, je ne suis jamais allée sur un plateau télé...

— N'empêche, elles n'ont pas pris de congé maternité ! Et ça, vois-tu, c'est le signe du progrès, le féminisme en marche... C'est un choix. Les femmes ont le droit de CHOISIR de ne pas s'occuper de leur bébé ! Ils l'ont dit – l'autre jour – dans cette émission... Oooh, je l'ai sur le bout de la langue...

— ... dit la nana qui a pris une semaine de congé quand sa chatte a mis au monde sa portée !

— Aaaah, ne touche pas à Pipounette, sinon je je...

— Et je te signale au passage que le congé mat' est un droit durement acquis par les femmes ! Et qu'il faudrait voir à le protéger... Et pi' y'a accouchement et accouchement ! Et s'en remettre quand on a une nounou, une femme de ménage et une assistante à dispo, j'ai comme qui dirait l'impression que c'est plus facile... Une idée comme ça... De plus, passer prendre vite fait un dossier à son bureau et dire qu'on a repris, ce n'est pas comme rester debout huit heures derrière une chaîne de montage à l'usine !

— Et d'abord ! Tu n'en sais RIEN de comment elles ont fait !

— Aaaaah ! Mais TOI, en revanche, tu sais que les belles des champs, elles sont contentes d'accoucher dans la boue…

Nous signalons un dérapage incontrôlé sur la voie de l'amitié - crash imminent !

SILENCE PESANT…

… jusqu'à ce que mon Prince entre dans la pièce, inconscient de mettre les pieds dans un champ… de mines.

Le pauvre, j'regarde pas ! Va-t-en ! Ooooh mais c'est pas vrai, il reste ! Il n'écoute rien ma parole ! Oh la la… On va le laminer ! C'est évident qu'on va se retourner contre lui ! Bé si, c'est un homme…

Bon, on ne pourra pas dire que je ne l'avais pas prévenu, hein, tant pis pour lui, je le vise et je tire :

— Je suis d'accord avec toi Virginie, sur le fait que les femmes ont le droit de CHOISIR. Néanmoins, j'espère que c'est un vrai choix, et pas une décision prise par peur de perdre leur job, juste parce qu'elles sont mères et qu'on vit dans une société PHALLOCRATE dominée par des GROS MACHISTES DE DROMADAIRE ! lâché-je en direction ~~du bouc-émissaire~~ de mon Prince.

— BIEN DIT ! *GIVE ME FIVE,* ma sœur !

Voilà, il fallait juste la présence d'un mâle dans la pièce pour nous réconcilier !

Demi-tour immédiat de mon Prince, qui de toute manière ne savait plus ce qu'il était venu chercher - probablement un truc à manger dans le réfrigérateur…

Je vous en prie. Je vous en prie. Arrêtez de m'applaudir. Je n'ai absolument aucun mérite : la déduction est somme toute facile… Les réfrigérateurs font partie des rares objets dont les Princes n'ignorent pas l'emplacement.

LES BONS CONSEILS DE CENDRILLON

À chaque fois que vous êtes à court d'arguments lors d'un conflit avec vos enfants ou votre homme, ou que vous avez tort (mais ça, ça n'arrive jamais, jamais, jamais...), utilisez vos souvenirs de grossesse et d'accouchement :

— Je t'ai porté neuf mois ! Tu connais les mots : varices, vergetures, nausées, sciatique, périnée, rétention... Non ! Non ?! Mais ce n'est pas une excuse d'avoir quatre ans, mon petit bonhomme !

— À cause de ta grosse tête, j'ai eu le droit à une épisiotomie de malade, vingt points en zigzag, vingt ! Je n'ai pas pu m'asseoir pendant un mois ! Tu veux voir des photos ?!

— Est-ce que tu veux regarder *Alien*, le film ?! Histoire de savoir ce que tu m'as fait vivre... Oui, je sais que je t'interdis les films de grands, mais là c'est surtout éducatif... Et puis faut pas que tu te dévalorises comme ça mon cœur, tu as bientôt huit ans !

— Je t'ai donné des enfants ! (C'est clair et précis. Ça se suffit !)

Tout bien réfléchi, n'utilisez que le dernier !

Pour être une maman distinguée digne de ce nom, on ne dira jamais :

— Désolée, je suis en retard, parce que j'ai eu envie de faire caca juste avant de partir !

OUI, même si c'est VRAI.

En revanche, on pourra tout mettre sur le dos de nos enfants ! Dans ce cas, choix multiples et vraisemblables, car fréquents également :

— J'ai dû lui courir après pour qu'il mette ses chaussures !

— Il a fait pipi dans son slip !

— Il avait un gros épi sur la tête !

Danger ! Attention de ne pas vous emmêler :

— J'ai fait pipi dans ses chaussures quand j'ai couru son slip sur la tête après un gros épi !

Dans la précipitation, on ne sait jamais...

POURQUOUWAAA !?

Chaque année, Noël donne lieu à la plus grande escroquerie en bande organisée qui soit. Des milliards de parents s'unissent pour monter le même canular au même moment (si on omet le décalage horaire) dans le seul but d'obtenir de leur progéniture qu'elle se tienne à carreau.

— Les enfants, lequel d'entre vous a encore laissé un paquet de biscuits vide dans le tiroir ?! Et ne mentez pas, sinon le papa Noël ne vous donnera pas de caaadeaux...

Bravo les parents ! Ça, c'est ce qui s'appelle une éducation cohérente !

Mais dites-moi...

Pourquouwaaa les Hommes ne parviennent-ils pas à s'unir durablement de la même manière pour maintenir la paix dans le monde ?

CHAPITRE 5

Il est évident que mes enfants devraient être la première merveille du monde ! Il y a un binz dans le classement, à qui dois-je m'adresser pour la modif ?

Je suis raide dingue de mes gosses.

Non, sans déconner, je ne dis pas ça parce que c'est l'usage ou parce que j'ai peur de me faire lyncher par mes semblables. Avouons que si une mère déclarait à voix haute : « Je ne peux pas encadrer mes enfants. Ils sont moches comme des poux et bêtes comme leurs pieds. », on la regarderait légèrement de travers, alors que si ça se trouve, elle serait juste réaliste.

D'ailleurs, quand j'ai défendu les parents du Petit Poucet auprès du juge aux affaires familiales, c'est exactement ce que j'ai mis en relief en plaidant la « crise de réalisme passagère ». Oooook, c'est dégueulasse d'abandonner ses gosses dans une forêt maléfique, même s'ils ne sont pas jojos... Mais il est évident qu'à un moment donné, ils ont dû se rendre compte que leurs fils n'étaient pas le top en matière de descendance. Et le choc qu'a provoqué la prise de conscience les a submergés, les poussant à commettre l'irréparable... J'vois que ça ! Depuis, tout va bien, je vous rassure. Ils sont suivis par la Belle et la Bête, thérapeutes du couple et de la famille. Qui mieux qu'eux peut comprendre que l'amour est capable de tout transcender – Ah, bah, si... Je vous assure qu'ils sont super bien placés. Vous verriez la tronche de la Bête ! Oui, oui, même depuis que le sortilège sur sa personne a été levé grâce aux élans de la Belle... Le gars n'est pas jobard, c'est moi qui vous le dis... Je suis même d'avis qu'il était plus beau avant...

CONNASSE

De plus, les parents de Poucet se sont rendu compte que le petiot en avait sous la caboche... C'est vrai que ce n'est pas le dernier des imbéciles qui aurait pensé à semer des cailloux pour retrouver son chemin. Ils espèrent donc en faire un ingénieur. Du coup, ils le gardent, c'est décidé !

Cependant, malgré les débordements scandaleux qu'il provoque – à l'instar de ce sombre fait divers connu maintenant dans tout le royaume comme « L'affaire des cailloux » –, le réalisme reste une qualité merveilleuse.

Il y a tant de mères qui se leurrent à propos de leur progéniture.

Pas de ça chez moi ! Lucidité et clairvoyance sont ma colonne vertébrale. Et parfois, c'est dur de l'assumer.

Mais il faut que je m'y fasse : les miens sont les plus beaux, les plus intelligents, les plus gentils. Et ils sont si drôles et si perspicaces en plus ! Ça ne gâche rien...

Bon sang, je les aime tellement que parfois j'ai envie de les manger pour qu'ils reviennent dans mon ventre[16] !

Quand j'y pense, je suis tellement désolée pour les autres mamans. C'est injuste ! C'est un peu comme si j'avais un accessoire Chanel, et elles un Chonel.

Hein, quoi !? OK ! C'est exact... Il y a des millions de mamans comme moi qui croient mordicus que leurs enfants sont des pièces uniques *made in utérus* – mais en ce qui les concerne, il est évident qu'elles se trompent ! Par exemple, mes copines sont persuadées – elles aussi – que leurs enfants sont des prodiges de la nature. Les pauvres filles, aucun sens commun ! Je peux vous le dire, hein, je les connais les mômes en question... Et j'aimerais telle-

16. J'aimerais attirer votre attention sur le fait que nous sommes des centaines de milliers de mamans et de papas à déclarer à nos enfants qu'on va les bouffer tout cru. Et tout autant à se demander d'où peuvent venir leurs terreurs nocturnes... Barbe bleue à côté de nous, c'est un tendre !

ment avoir le courage de les ramener à la réalité en leur déclarant : « Mais, tu ne vois pas que c'est une contrefaçon ! Ça se repère aux coutures... ».

J'ai bien essayé une ou deux petites allusions, du genre : « Il n'a jamais rétréci au lavage ? » ou « C'est normal la bave sur ses joues ? », mais rien n'y a fait...

Elles sont là à se réjouir de la moindre petite prouesse de leur progéniture et à se vautrer dans le déni :

— Regarde sa rédaction ! Regarde ! Regarde le commentaire du prof : « Votre capacité à réinventer la langue française m'étonne de jour en jour. » C'est un génie. Un génie !

— Ah bah oui, c'est pour ça le 0/20. Ce sont des incompris ces mecs-là ! Eh pi' t'as vu il a déjà pris un pseudo... Ah bah non, en fait, il a juste mal orthographié son propre nom...

— Depuis bientôt deux mois, il débarrasse son assiette tout seul. Il fait son lit. Et l'autre jour, il a vidé la poubelle de sa chambre sans que je lui demande ! Doudou et moi, on pense sérieusement à le récompenser, t'en penses quoi !?

— Eh bien, j'en pense qu'il a 19 ans…

— Ma fille est surdouée ! Ses résultats scolaires le prouvent : E ; E ; E… Elle s'ennuie en CM2, c'est un appel au secours ! Il faut lui faire sauter une ou deux classes minimum. Je l'ai dit à son instit' mais elle ne veut rien entendre, cette bourrique !

À savoir :
Surdoué, précoce ou haut-potentiel sont les termes employés ces dernières années pour désigner un chiard à qui les parents n'imposent aucune limite.

— Je te suis totalement. C'est un code, en fait ! Il faut déchiffrer : Edez-moi ; Edez-moi ; Edez-moi… Dis, tu pourrais lui dire d'arrêter d'écrire TU PU DU QU sur mes murs au feutre indélébile, s'il te plaît…

Bref… Elles sont chiantes à la fin ! C'est simple, je ne peux plus piffer leurs mioches ! Et mon fils par-ci, et ma fille par-là ! Est-ce que je saoule les gens comme ça moi ? Non, alors !

« Si » ? Ah, vous trouvez...

Ouais, enfin, vous n'êtes pas obligés de tout commenter non plus !

Le syndrome de Stockholm

Bon. Vous avez été nombreux à remettre en cause ma lucidité maternelle. Et depuis, j'ai décidé de me poser les bonnes questions. Et j'en suis arrivée à la conclusion, après m'être documentée sur le net, que je souffrais du syndrome de Stockholm.

Non, sérieux,
j'ai absolument tous les
symptômes !

Syndrome de Stockholm

Désigne un phénomène psychologique observé chez les otages ayant vécu une période prolongée avec leurs geôliers et qui développent envers eux une sorte d'empathie et de sympathie.

Voilà, c'est ça !

En pire !

Ça n'a rien à voir !

Pardon… Qu'ouïs-je ?! Qu'entends-je ?!

Comment ça ?!

Je croyais qu'on était d'accord pour que vous arrêtiez de tout commenter !

Bon, très bien. Je vous laisse juge, puisque vous ne pouvez pas vous empêcher de donner votre avis.

Pour vous aider à poser votre verdict, mesdames et messieurs les jurés, je vous prie d'étudier les principaux éléments à charge contre ~~mes ravisseurs~~ mes enfants, qui tendent à prouver dans un premier temps que je suis bel et bien la victime de leur prise d'otage, avant d'en venir au point névralgique de cette affaire, la question qui taraude, le sujet qui fâche, l'interrogation qui empêcherait un loir de dormir, l'éléphant assis sur les genoux de mémé Ginette que tout le monde voit mais dont personne n'ose parler : suis-je oui ou non atteinte du syndrome de Stockholm ?

Élément à charge n° 1

Je ne suis jamais seule. Mes enfants m'accompagnent absolument partout – exactement comme si j'étais sous haute surveillance.

Le jour où j'ai ouvert les cuisses pour engendrer mon premier né devant un obstétricien, une sage-femme, et mon Prince qui prenait des photos de mon vagin béant sous tous les angles, mon placenta ne fut pas le seul à s'être vautré par terre, il était accompagné de mon intimité – et elle a dû être balayée par l'équipe de nettoyage parce que je ne l'ai plus jamais revue.

Let it go! Let it go!

Quand je parle de la perte de mon intimité, je ne fais pas seulement allusion au fait de m'être retrouvée à poil devant une tripotée d'inconnus, mais de la disparition de cette sensation douce et merveilleuse d'être seule avec soi-même.

Dès lors que mon bébé a été posé sur mon ventre et a rampé goulûment jusqu'à mon sein, je me suis dit : « Adieu MOI, je te reverrai quand il prendra un appart' ».

Et j'étais alors loin de me douter à quel point c'était vrai…

Exemple : Je ne vais jamais aux toilettes sans être accompagnée de mon escorte personnelle.

Au départ, j'étais carrément complice. J'avoue. Je laissais la porte grande ouverte, parce qu'ils étaient tellement pot de colle qu'ils pleuraient dès que je disparaissais de leur champ de vision, et c'était si stressant que mon pipi refusait de sortir… Bonjour les cystites !

De plus, j'avais les pétoches qu'il leur arrive malheur pendant les deux minutes trente que je m'octroyais sur le trône. « Quels risques ? » – Mais décidément je suis entourée d'inconscients ! Il peut se passer plein de trucs flippants en moins de trois minutes : ils auraient pu s'étouffer en avalant leur salive de travers, se mettre un doigt dans l'œil jusqu'au coude, se cogner contre un mur qu'ils n'auraient pas vu et se faire mal malgré la mousse de protection que j'ai mis un peu partout dans le château… Il y a aussi les extraterrestres qui collectionnent les plus beaux spécimens de chaque planète, je vous en ai déjà parlé – je crois... Et maintenant que j'y pense, le GIGN aurait pu débarquer à n'importe quel moment s'il avait eu vent de ma situation d'otage !

Le plus embêtant à l'époque, c'était quand on recevait des invités à manger. Après trois verres de vin, mon cerveau commençait à givrer et le leitmotiv « N'oublie pas de verrouiller la porte, n'oublie pas de verrouiller la porte... », que je m'étais répété en boucle pour déconditionner ce qui était devenu un réflexe, ne faisait plus effet. Résultat, j'offrais un spectacle des plus raffinés à nos convives.

— Ce soir, ce sera risotto aux truffes accompagné de ses deux dindes, l'une fourrée aux marrons, l'autre bourrée aux toilettes !

Bref... Maintenant qu'ils sont assez grands pour survivre à mes courtes absences, j'apprécierais que mes pauses caca n'aient pas lieu en séance publique. Je sais que c'était l'usage des rois de France, et aussi qu'en tant que Princesse, je suis censée trôner pour écouter les doléances de mon peuple, mais on est au XXIème siècle, que diable !

Bien sûr que j'ai pensé à verrouiller la porte, vous me prenez pour une courge ou quoi ? (C'est de la rhétorique, vous n'êtes pas vraiment invités à répondre !)

Mais ça n'a pas empêché mon aîné d'y tambouriner pas plus tard que ce matin : « Mâm', tu m'aides pour les maths ?! », tandis que son petit frère de cinq ans me chantait *Petit Papa Noël* à travers le trou de la serrure, parce qu'il en avait envie tout de suite maintenant – ça se comprend en plein mois de mai –, que le deuxième me suppliait pour la dixième fois de la journée de lui donner l'autorisation de créer sa propre chaîne sur *Mavidéomaviemonoeuvre.com*, et que le troisième me passait des dessins de moi et de son père entourés d'un cœur sous la porte.

Vous avouerez que délivrer un popo dans ces conditions, ce n'est pas aisé ! Il est à noter aussi que cinq minutes plus tôt, tout ce petit monde m'ignorait royalement.

Et à chaque fois, c'est pareil !

Mes geôliers craindraient-ils que je m'échappe par le trou ?!

Élément à charge n°2

Dans un système dictatorial ou répressif, la privation de sommeil est une technique souvent utilisée pour inféoder les individus... Je dis ça, je dis rien.

Je n'ai pas connu les bienfaits d'un sommeil réparateur depuis une éternité – et je vous rappelle que je vis dans un conte de fées, alors quand je dis « éternité », ce n'est pas un mot en l'air ! Au début, c'était la faute des otites, des bronchiolites, des monstres sous les lits, des draps souillés, des frayeurs nocturnes (enfin ça, on a vu que je n'y étais pas pour rien !).

Pendant des années, je me suis raccrochée à l'idée rassurante que ça ne durerait qu'un temps, mais il faut que je me fasse à l'idée que seule ma mort sera libératrice (il faut bien qu'il y ait un avantage à décéder) !

Car maintenant qu'ils sont assez grands pour comprendre que les monstres poilus n'existent pas contrairement aux serial killers, ce sont mes propres angoisses nocturnes qui viennent toquer à la porte de mon subconscient pour m'empêcher de dormir !

Je réveille donc mon Prince en pleine nuit – normal – pour qu'on trouve une solution à ce qui m'inquiète, et aussi pour l'engueuler parce qu'il a l'audace de ronfler alors que nos enfants sont peut-être potentiellement en quasi danger probable si on en croit les statistiques ! Quel égoïste !

Mauvaises fréquentations, échec scolaire, harcèlement moral, accidents de la route, délinquance, racket, drogue, pornographie, horreurs en tout genre en libre accès sur le net, pédophilie...

●

Fais de beaux rêves, mamoune...

Élément à charge n°3

Mes contacts avec l'extérieur sont limités au minimum vital et certains d'entre eux sont mis sur écoute, contrôlés, voire chronométrés par mes enfants. Technique classique d'isolement du sujet pour emprise totale.

Exemple : Dans les établissements scolaires, et dans un périmètre de 150 mètres à leurs abords, ainsi qu'en présence de leurs copains :

➡ J'ai interdiction formelle de les surnommer « Mon ange », « Mon cœur », « Mon loulou », « Ma petite crotte de nez », ou tout diminutif affectueux.

➡ Je ne suis aucunement autorisée à les embrasser ou à leur caresser les cheveux.

➡ Je ne dois en aucun cas leur demander comment leur journée s'est passée tant que nous n'avons pas atteint notre véhicule, qui doit être stationné au minimum à un pâté de maisons de l'école.

➡ Par dérogation délivrée préalablement par les autorités compétentes (mes gosses), je peux m'adresser à leurs instits et à leurs profs, mais **pas trop**, et uniquement pour évoquer leurs notes et leurs devoirs.

➡ Je n'ai le droit de papoter avec les autres mères de famille à la sortie des établissements que dans le temps qui m'est imparti, soit cinq minutes et trente-six secondes. Dépassé ce laps de temps reviendrait à rompre nos accords et déclencherait un flot de reproches intarissable : « Mâm', j'en ai marre ! » ; « T'as pris le quatre-heures, j'ai faim ! » ; « Bon ça y est, t'as fini ?! » ; « C'est qui celle-là encore, pourquoi tu lui parles ? »... etc.

➡ Il est entendu également que je ne peux sous aucun prétexte parler en bien ou en mal de mes enfants à ces dites mères, ni même évoquer l'affection que je leur porte, autrement la sentence serait immédiate et définitive : « Mâm', c'est trooop la honte ! ».

Élément à charge n°4

Mes conversations téléphoniques sont sys-té-ma-ti-que-ment interrompues par un de mes garnements, après dix minutes au bout du fil avec une copine. Généralement par le plus petit, qui est relayé une minute plus tard par un de ses frères, et ainsi de suite jusqu'à ce que je jette l'éponge.

Ces interruptions qui semblent aléatoires sont, en fait, savamment orchestrées et dignes des plus grands maîtres de guerre des nerfs. Tout est bon pour me faire lâcher le combiné, du simple et innocent « Maman chérie la plus belle de tout l'univers, tu veux bien me servir un jus de pomme, s'il te plaît ? » au machiavélique « Mâm', le bouffon m'a traité de bouffon, bouffon va ! ».

Note :

Les deux bouffons sont en fait de mèche, ce qui pourrait échapper à un œil non averti, mais pas au mien.

Mais, BIEN ÉVIDEMMENT que j'ai tenté la « résistance », à qui croyez-vous avoir affaire ! Voilà, j'en étais sûre ! Tout le monde me prend pour une chiffe molle, parce que soi-disant j'me serais laissé marcher sur les pieds par ma marâtre et ses dromadaires de filles !

Pffff !

J'ai essayé les classiques :

➡ « Va voir s'ils ont une maman qui me ressemble au supermarché du coin ! »

➡ « Allez jouer sur l'autoroute, ils y ont ouvert une aire de jeux ! »

➡ « Ton frère a été adopté[17], garde le secret et sois gentil avec lui s'il te plaît ! »

➡ « Ne leur dis surtout pas, mais c'est toi mon préféré alors fais ce que je te dis et laisse-moi tranquille ! »

17. Bien sûr que c'est faux ! Non, je n'ai pas son bulletin de naissance sous la main, mais j'ai mes vergetures si vous avez besoin de preuves.

Malheureusement, à chaque fois ça s'est fini en carnage ! Devant mon acharnement à poursuivre ma conversation, mes enfants ont sorti leur arme de destruction massive : bagarre générale et hurlements d'une puissance sonore monumentale.

Avez-vous déjà essayé de poursuivre une discussion à côté d'un groupe de Heavy Metal ? Si non c'est dommage, parce que vous auriez compris mon calvaire. C'est d'autant plus impossible que ma copine à l'autre bout du fil est généralement, elle aussi, sous l'emprise de ses ~~ravisseurs~~ enfants.

Et c'est mathématique, + et +, ça annule tout espoir de communiquer...

Élément à charge n° 5

Je suis privée de tous les moyens d'élever mon esprit et de me tenir informée... Vous avouerez que ça commence à faire beaucoup !

Impossible de lire, de surfer sur le net ou de regarder la TV tranquillement. Y'en a toujours un pour m'enquiquiner !

Là aussi, ils ont élaboré mille et un stratagèmes... Je ne peux pas tous les énumérer, je vous propose d'en étudier un en détail :

Étude de cas : La botte classique dite « du verre d'eau »

Le petit exige un verre d'eau alors que je suis vautrée sur mon canapé comme une grosse patate pour regarder mon feuilleton préféré, ceci juste avant une scène cruciale.... J'essaye d'envoyer son papa puisqu'il dit toujours qu'il s'en fiche, lui, de savoir pourquoi Jessica a trompé Jim avec Joe alors qu'elle est amoureuse de Jessie... Mais le gosse s'y oppose farouchement : « Non, pas papa, maman c'est plus mieux ! ».

Mouais, c'est ça ! En fait, il a bien compris qu'il faudra trois plombes à papa pour trouver une bouteille d'eau...

Bien sûr, j'oppose un « non » ferme à son intolérable caprice et je le somme d'aller réfléchir dans un coin comme le conseille Super Nounou à la TV – non mais, c'est ki ki commande ?!

Suivant mes consignes, il se plante donc immédiatement au coin de la télé et chante à tue-tête *Une souris verte* jusqu'à ce que je me lève...

À peine me suis-je rassise qu'il vient se blottir contre moi... Ooooh il n'est pas si gonflant après tout, pensé-je... Juste avant qu'il renverse son verre sur le canapé...

Grrrrrr !

Rappel à moi-même :
L'abandon ne sera jamais une bonne solution.

Après avoir épongé le divan, je change sa jolie tenue qu'il a également inondée, tant qu'à faire.

Ensuite... Je peux enfin retourner à mon feuilleton, ou autrement dit à un de mes rares moments de détente.

— Ah bah, c'est fini ? demandé-je au papa qui n'a pas bougé son cul d'un iota sous prétexte que c'est moi qu'on a demandé. Tu me racontes ?

— Oh eh, t'es chiante, tu me fais le coup à chaque fois ! T'avais qu'à regarder !

Rappel à moi-même :
Le meurtre ne sera jamais une bonne solution.

Avec mes plus grands, c'est tout pareil, sauf qu'ils poussent des râles semblables à un animal à l'agonie : « *Mâm' Woaouhh* ».

Élément à charge n°6

Ils m'ignorent totalement quand je cause !

Vous connaissez le débat qui fait rage autour de mes pantoufles depuis le XIXème siècle, bien sûr. Ah non ? Dommage, c'est absolument pa-ssio-nnant !

Grosso modo, certains affirment qu'elles étaient en vair – soit en fourrure d'écureuil (ouais, je sais, trop dégueu !), quand d'autres militent pour le verre – pur, fragile, délicat et transparent... De facto, tout ce petit monde bataille dur, avec comme enjeu l'orthographe exacte du nom de mes godasses.

Aujourd'hui, je vais apporter une précision sur ce point crucial : ON S'EN TAPE LE COQUILLARD !

Non mais franchement, y'a pas plus intéressant comme sujet ?! Je ne sais pas moi : la parité, les discriminations, le réchauffement climatique... Même les zombies méritent de passer avant !

Par exemple – au-hasard-sans-réfléchir-au-pif-à-brûle-pourpoint... Si on parlait du fait que les mamans, elles, sont bel et bien TRANSPARENTES.

En ce qui me concerne, je ne pourrais pas vous dire quand le phénomène a commencé...

Pour éviter toute confusion, je précise tout de suite que je ne suis pas tombée dans une marmite de produits chimiques et que je n'ai pas été exposée non plus à des rayons X. On n'est pas dans un Marvel ! Et d'ailleurs, loin d'être un super pouvoir, mon don d'invisibilité serait plutôt une malédiction.

Hier encore, l'univers de mes enfants tournait autour de moi. Ils me regardaient avec des étoiles dans les yeux. J'étais leur déesse. Chaque mot que je prononçais était salué. Le sol que je foulais était honoré. Lorsque je leur posais une question, la réponse était immédiate et si bien tournée : « Oui maman, la plus jolie que j'aime de tout mon cœur, gros comme ça ». Lorsque je leur intimais un ordre, leur volonté de bien faire était incommensurable. C'était le bon vieux temps. J'étais TOUTE-PUISSANTE ! Ah ah ah ! (Rire despotique)

Ensuite, ils ont eu cinq ans et des brouettes. Et ça n'a plus été la même ! Il y a eu comme qui dirait un coup d'État. Ça a commencé doucement. Mes questions restaient sans réponse. Mes directives, n'en parlons pas ! Naïve, je me contentais de les répéter inlassablement – parlant dans le vide jusqu'à me transformer en maman cocotte-minute.

Point info :

La maman cocotte-minute est une maman d'un naturel patient que les enfants s'amusent à faire tourner en bourrique durant des heures, des jours, voire des semaines s'il le faut, afin qu'elle explose de colère – parce que c'est rigolo ! À l'instar de la susnommée cocotte, elle émet alors un ou plusieurs bruits stridents, son corps se met à bouger frénétiquement, et elle lève les bras au ciel – comme s'il y pouvait quelque chose ! –, jusqu'à ce que la vapeur s'échappe totalement.

— C'est l'heure ! Mettez vos chaussures, mes choupinets... (*cinq minutes plus tard*)... Mettez vos chaussures, mes loulous... (*dix minutes plus tard*)... Mettez vos chaussures, les gars... (*en retard*) Vos chaussures... Maintenant ou vous METTEZ VOS CHAUSSURES ou vous allez PIEDS NUS à l'école ! **Pcheeeee !** (*Oui, je sais. J'imite la cocotte-minute à la perfection*)

— Rangez vos jouets... Rangez vos jouets... OK... Je vais chercher un sac poubelle... Ça y est, je tiens le sac... Vous avez encore une chaaaannnce... Les gars ? Rangez vos jouets ! RANGEZ CES PU... DROMADAIRES DE DROMADAIRES BIP BIP BIP !

— Mes titis, ça vous dit des spaghettis pour ce midi ? Des spaghettis ? Des spaghettis ? Ce midi ? Pour manger. Des spaghettis... Midi... Mes titis... Des spaghettis... OUI OU CROTTE DE CHAMEAU ! Et faites GAFFE à ce que vous allez répondre, parce que je vous jure que quoi que ce soit, je vous le ferai BOUFFER !

Au début, je ne me suis pas assez méfiée.

J'ai d'abord pensé à des troubles médicaux. « On devrait les emmener chez l'ORL. », ai-je dit à mon Prince qui s'en fichait parce qu'il cherchait ses chaussettes qui étaient à ses pieds (c'est de pis en pis...).

Puis j'ai cédé à la tendance : « Eurêka ! J'ai trouvé : ils sont surdoués ! ». *Fashion victim* que je suis !

Finalement, je me suis rendue à l'évidence. Ils m'ignorent volontairement. C'est de la torture psychologique !

Bien sûr que je pourrais « sévir » et « renforcer les piliers de mon éducation » – (merci pour le tuyau, mais j'suis déjà au courant !). Mais dès que j'essaie, ils me couvrent de bisous et de câlins... Du coup, je craque, et je cède. Je vous l'ai dit que j'étais accroooo... Comment je peux faire ? Hein ? Comment ?! Je vous le demande ! Vous en connaissez, vous, des associations d'entraide pour les bisouliques, dites ?!

Voilà. mesdames et messieurs, les jurés, je crois avoir brillamment réussi à vous démontrer que je suis effectivement l'otage de ma propre progéniture. Il nous reste à aborder le point le plus important dans cette affaire, le symptôme que je présente et qui prouve que je suis atteinte du syndrome de Stockholm — et ce symptôme est que j'aime mes enfants plus que tout, même quand ils me traitent comme une vulgaire prisonnière. Ils sont la prunelle de mes yeux, mon soleil, ma lune et mes étoiles...
Alors, maintenant que vous avez tous les éléments en main, votre verdict, s'il vous plaît : syndrome de Stockholm... ou pas syndrome de Stockholm ?

LES BONS CONSEILS DE CENDRILLON

Ne jamais, JAMAIS, instaurer une boîte à 1 euro le gros mot pour apprendre la politesse à vos enfants, vous y perdriez toutes vos économies !

Mise en situation :

— Putain de merde ! Fais chier ! Ça me casse les coucougnettes ! Crotte de chameau ! - *Eh oui, je parle comme une poubelle quand je m'énerve. Un mythe s'effondre !*

— 4 euros, maaaman ! 5 si on compte, le mot en P... et celui en M... séparément, comptabilise mon aîné.

— Vous me faites crédit ? J'ai plus une tune ! – *Une vraie junkie ! Décadence totale ! C'est triste...*

— Ooook. Mais c'est la dernière fois ! – *Le petit dernier a encore pitié de moi.*

— BANDE de petits conn'....

— Mamaaaan !

— Canards ! Aaadorables petits canards !

COMMENT ?! Vous vous ennuyez le samedi après-midi en famille ?!

Pas de panique, à chaque problème, sa solution !

Voici une idée pour commencer :

Organisez une partie de cache-cache avec votre homme et vos enfants.

— Chééériiii, c'est toi qui comptes jusqu'à 100 ! Et ferme bien les yeux ! Triche pas !

Hors de question que vous perdiez ! Votre honneur est en jeu ! Demandez donc à votre esthéticienne de vous planquer une heure ou deux. Si elle n'a pas de créneau, reportez-vous sur le centre commercial le plus proche – y'a plein de super cachettes ! Fous rires garantis !

— Ma puuuuce, tu peux sortir maintenant ! T'as gagné ! T'es trop forte ! Ma puce ? Ma PUCE ? Les enfants et moi on en a un peu marre maintenant ! Ma puce ?

POURQUOUWAAA !!?

Pourquouwaaa est-ce qu'on est capables d'envoyer des satellites de plusieurs tonnes en orbite, mais qu'on n'invente toujours pas une ouverture facile pour les sucettes ?

Est-ce un complot gouvernemental pour nous dissuader de faire des enfants et remédier ainsi à la surpopulation ? Dans ce cas, chapeau bas les mecs !

Passer cinq bonnes minutes à tenter vainement de trouver le minuscule bout qui nous permettra d'ôter le papier qui recouvre cette dromadaire de petite boule en sucre sur son satané bâton – en sacrifiant au passage nos ongles et nos dents – tandis que nos enfants répètent en boucle : « Ça y est, môman, t'y arrives, t'y arrives, alors, alors, alors, ça y est, môman dis, ça y est ? »... C'est effectivement la meilleure propagande pour l'abstinence.

Ou bien est-ce une diversion fomentée par les industriels pour qu'on ne se demande pas où sont passées nos chaussettes ?

CHAPITRE 6

Miroir, mon beau miroir…
Di'donc tu ne serais pas un peu
déformant ?! Comment
t'expliques alors que je ne suis plus
la plus belle ?!

Comment je suis passée de ma robe de bal sexy au look sac à patates.

On a vu dans le chapitre précédent – je le rappelle pour ceux qui ont du mal à suivre – que toutes les femmes voient leurs enfants comme des merveilles. Concernant mes copines, on a vu également que c'est la preuve irréfutable que l'amour bouffe sérieusement les neurones.

Toutefois, à bien y réfléchir, j'estime que les mères ont parfaitement le droit de voir en leurs enfants ce qu'elles ont perdu en les concevant !

Parce qu'on est bien d'accord, chères mamans, qu'avant eux, on était les plus belles (enfin mouhaaa je suis toujours canon, mais il faut bien avouer qu'aujourd'hui je me rapproche plus de la Grosse Bertha que d'un top model suédois), les plus élégantes et les plus intelligentes (objectives et modestes, en plus, tout à fait !), et que maintenant on est un mélange de sac à patates (pour la classe), de pâte à tartiner (pour le gras), de poisson rouge (pour la mémoire), d'huîtres (pour le QI) et de grand méchant loup (pour les poils) !

Je suis sûre que parfois vous vous dites que c'est un peu comme si une affreuse sorcière vous avait jeté un maléfice. Et bien dans mon cas, c'est vrai ! Voilà comment ça s'est passé :

— Tu veux des enfannnnts. Gngngngn. Ton vœu va être exaucé. Un spermatozoïde va atteindre un de tes ovules cette nuit dès minuit durant la pleine lune, ma petite !

Elle ressemblait à la sorcière que m'avait décrite Blanche-Neige lors de notre dernier brunch. Elle avait un long nez, une verrue sur la joue, des yeux exorbités et elle portait une chemise à froufrous (je vous avais bien dit que c'était une tenue flippante !).

— Oh noooon ! Pas minuit, je dors moi à c't' heure !

— Bon alors... Demain matin au réveil !

— Mauvaise haleine !

— Demain midi.

— Peux pas. Réunion avec la directrice financière de mon royaume.

— Demain vers 20 h !

— Attendez voir... Je rentre vers 19 h 30. Si je me tartine de crème dépilatoire, que je saute dans la douche... On peut dire 20 h 15 ?

— OK ! On peut reprendre là où on en était maintenant ?! MERCI ! On n'a jamais rien...

— Ah bah non en fait, il rentre à 20 h 30 !

— Ça SUFFIT ! Il te mettra en cloque à 20 h 35 dernier carat ! Pour le moment, ferme-la et écoute ! ON N'A JAMAIS rien sans rien... Sache qu'en échange il te sera injecté de la cellulite aux cuisses, que ton cul va doubler de volume et que tes neurones vont être absorbés dans le néant. Gnnngnnngnnn... !

— Euh... Vous ne voulez pas mon âme en échange ? J'ai été très sage. Je suis sûre qu'elle est encore propre – comme neuve.

— TA GUEULE ! Je n'avais pas fini ! Et voilà, tu m'as cassé tous mes effets ! J'arrête !

– Oh bah non ! Allez ! On recommence. Vous en étiez à : « Gnnn... » et moi – pour vous mettre dans l'ambiance – je me pétrifie, bouche grande ouverte, yeux écarquillés à l'idée d'avoir de la peau d'orange. Aéi[18].

— Bon OK ! Mais c'est la dernière fois, après je te refile une pomme empoissonnée ! Je reprends... Gnnn... Toutefois, pour respecter les lois de l'univers, sache que tes enfants récupéreront tout ce que tu as perdu pour eux. Ils seront parfaits ! Le juste retour des choses. La monnaie de ta pièce. Le...

– OUI, j'ai compris l'idée, MERCI ! Mais, puisqu'on se dit tout, sachez que de mon côté je suis partante pour avoir des modèles basiques, sans option. On fait simple et je laisse la graisse...

— C'est ça ou rien !

– ... Bon ok. Je signe où ?!

J'ai signé. Et jusqu'ici, je ne l'ai jamais regretté. Mais je me dis que j'aurais peut-être dû lire **les petites lignes en bas du contrat.**

18. « *Allez-y* » – pas facile de parler la bouche grande ouverte.

Tu auras beau enchaîner les régimes à la mode – hypocalorique, hyperprotéiné, sans gluten, sans sucre, sans gras, sans saveur, superchiant – et te tartiner de crèmes amincissantes aux prix obscènes, tu n'arriveras jamais à perdre les kilos emmagasinés durant tes grossesses. Tu ne feras qu'engraisser les portefeuilles des petits malins qui ont compris que ta cellulite serait leur meilleur gagne-pain ! Ainsi, chaque mois, tu dépenseras l'équivalent du PIB du Malawi, un des pays les plus pauvres au monde, où la question concernant l'alimentation est : « Est-ce que je vais manger aujourd'hui ? » et pas « Comment rentrer dans un 38 après 40 ans ? ». Heureusement, les pros du marketing réussiront à te faire gober que tes rondeurs superflues sont un réel problème et que le nombrilisme exacerbé est la principale qualité des *winners*.

Tu ne pourras plus te mettre en bikini sans que la peur te tenaille le ventre. Ta plus grande crainte ? Qu'on te confonde avec un cachalot échoué sur la plage et que Greenpeace organise une opération de sauvetage par hélitreuillage diffusée en direct sur toutes les télévisions du monde entier et vue en replay deux millions de fois sur *Mavidéomaviemonoeuvre.com*.

Quand tes enfants seront bébés, tu dégageras des effluves de vomi, ainsi que de tous les liquides et solides pouvant sortir de leurs orifices. À côté de toi, les Schtrougnieugineux sentiront la rose !

Adieu les petits massages faciaux pour atténuer les rides, les crèmes hydratantes sur les jambes pour ne pas ressembler à un sac en croco, l'huile de jojoba pour les cheveux, l'anticerne et le fond de teint impeccablement réparti sur la surface de ton visage... Pourquoi ? Ah ah ah, que tu es drôle ! Tu n'auras plus le temps, voyons... Qui va se taper les corvées à ton avis ?!

De plus, à peine mettras-tu un pied dans la salle de bains que tes mioches t'en feront sortir sous le prétexte qu'ils ont besoin de toi urgemment immédiatement-sans-perdre-une-minute-question-de-vie-ou-de-mort...
➡ Parce qu'ils auront perdu le capuchon de leur stylo rouge, ➡ parce que la pub du jouet dont ils t'ont parlé passera à la télé, ➡ parce qu'ils voudront absolument te dire qu'ils ont un secret mais qu'ils ne peuvent pas t'en parler, ➡ parce qu'ils se demanderont où tu étais passée depuis ces trois longues minutes.

Rappel à moi-même :

Un bon otage devrait toujours porter un bracelet électronique. Penser à s'en procurer un !

Et comme tu seras une grosse nouille de maman qui aura peur que la maison prenne feu dès que tu auras le dos tourné, tu te feras avoir à chaque fois et répondras à leurs appels d'urgence en t'extrayant de la douche en cata, les cheveux encore pleins de mousse.

Une fois que tu sortiras de la salle de bains, tu seras encore plus accaparée par ta marmaille, et aussi par ton mari qui aura besoin de ta truffe pour chercher un truc, probablement ses chaussettes – oui, encore !

Rappel à moi-même :

Penser à la greffe !

Aucun retour en arrière ne sera envisageable !

Et pi' d'tout'façon, il sera l'heure de quitter la maison pour tes grandes aventures : l'école, les courses, le boulot... Youpiii !

Pas la peine de préciser que, parfois, tu ressembleras à une patate poilue, étant donné que tu n'auras pas toujours en ta possession les quinze minutes nécessaires pour t'épiler.

Ton look ? Ah ah ah... Si tu continues, je vais mourir de rire ! Tu feras comme tu peux, hein... Étant donné que ton salaire et celui de ton Prince passeront dans la bouffe, les jouets, les fringues pour enfants, l'essence, les activités extrascolaires, la loc' pour les vacances, les frais d'orthodontie, la cantine, les impôts, les réparations de votre château et j'en passe... ça m'étonnerait que tu t'offres une garde de robe de folie ! La bonne nouvelle, rassure-toi, c'est qu'il n'y aura pas ta taille dans les boutiques, de toute façon. Non, i'font pas pour les grosses !

Tu laisseras tomber les hauts talons aussi. Tant qu'on y est ! Si si, fais-moi confiance, tes vieilles tennis seront plus pratiques pour courir après tes gosses et pour garder l'équilibre quand tu serviras de mule à toute la famille. Ah bah oui, parce que ton chéri critiquera ton obsession pour les sacs à main[19] qui remplissent votre dressing, mais ça ne l'empêchera pas de te filer son portefeuille, ses clefs et son

19. Il n'a toujours pas compris que c'est la seule chose que tu peux t'offrir sans craindre pour la taille...

téléphone quand vous sortirez... Et puis, tant que tu y seras, tu y mettras des lingettes nettoyantes, des barres de céréales, des compotes, des feutres, un carnet de coloriage, un sifflet, la console de jeu, la trousse de premier secours, l'Aspivenin... Au cas où, on ne sait jamais !

Bref... Oublie ta peau de pêche, ta taille de guêpe et ton look tendance, ça vaut mieux... Et cette fois, pas la peine d'appeler ta marraine au secours, même sa baguette magique n'y pourra rien. Un conseil, plus vite tu feras le deuil de l'ancienne toi, plus vite tu pourras t'habituer à ton nouveau reflet dans le miroir. Et NON, ta pince dans les cheveux, ça ne fera pas *coiffé/décoiffé*... Ça fera moche !

Ah, j'allais oublier... Si jamais, tu avais dans l'idée de te raccrocher au fait que ce qui compte c'est que tu es une femme forte et intelligente, et que ton Prince et toi, vous vous aimerez jusqu'à la fin des temps quoi qu'il arrive...

... voici les derniers termes de notre contrat :

Tu seras tellement crevée que ton cerveau marchera au ralenti. Oui, effectivement, ON t'avait dit qu'il remarcherait normalement après tes grossesses, mais ON s'est foutu de ta gueule. De toute manière, tu n'auras plus le temps, ni la force d'enrichir tes connaissances. Bye-bye les livres, les expos, le théâtre, le ciné... Quant à avoir des conversations intéressantes avec des personnes majeures... Euh, ça dépend, si elles sont d'accord pour parler des cacas mous du petit dernier et du collier de nouilles que tu as reçu pour la fête des mères... Je pense que ça pourra se faire !

Ton partenaire sexuel (non, pas ton vibromasseur, ton Prince !) et toi diviserez la fréquence de vos ébats de moitié – épuisement oblige – et je ne te cacherai pas que tes poils y seront pour beaucoup également... Si quand même un peu ! L'amour est aveugle, mais il lui reste les quatre autres sens...

Aaaah je me rappelle du jour où ma marraine me l'a confectionnée avec trois bouts de chiffons et une formule magique. Je n'avais pas eu le temps d'aller faire les soldes, et elle avait proposé de m'arranger le coup. C'était plutôt sympa de sa part... En même temps, elle ne m'a fait que deux cadeaux en trente-six ans, cette robe et mon carrosse-citrouille pour aller au bal, et j'en entends encore parler... « Tu ne prends jamais de mes nouvellllllles, alors que grâce à moi, tu as été au baaaal ! »... Pour info, je l'ai couverte de cadeaux depuis, mais il y a des gens qui ne savent compter que dans un sens. Ceci dit, j'ai appris une chose essentielle grâce à cet épisode : parfois il vaut mieux refuser certains présents, autrement on risque de les payer toute sa vie !

Bref... Ma robe de bal... En rangeant mon dressing, la semaine dernière, je suis tombée dessus. Et j'ai commis une erreur fatale pour le moral ! J'ai essayé de l'enfiler, et je suis restée coincée à mi-cuisses. Mon Prince a été obligé de m'en extraire. La honte ! Il tirait dessus de toutes ses forces, tandis que j'étais allongée sur notre lit côté face, les jambes en l'air, agrippant les barreaux de la tête. Je me suis retrouvée nue, rouge comme une pivoine, en sueur, les cheveux en bataille et les jambes sillonnées par les marques des coutures... Y'a mieux pour être sexy aux yeux de son homme, franchement !

Je le savais pourtant ! Pas la peine d'avoir le compas dans l'œil pour voir que mon corps n'est plus adapté à cette sublime tenue... Vouloir y rentrer, c'était un peu comme espérer faire rentrer une baleine dans une boîte de sardines. D'autant que les aiguilles de ma balance m'avaient donné une petite indication sur ma prise de poids... 18, 20... à vue de nez.

Pourquoi on se fait souffrir ainsi ? Par exemple : pourquoi se pèse-t-on après une grosse bouffe entre copains ou après une semaine de vacances à manger des glaces et des beignets ? C'est évident qu'on a pris du poids ! On le sait. On le sent. Si le bouton de notre pantalon a pété, ce n'est pas parce qu'il a rétréci au lavage, mais parce qu'on a gonflé au gavage. Et ce n'est pas la balance qui va nous rassurer... Bien sûr que NON, c'est une BA-LAN-CE, une indic, une donneuse, une cafteuse, une baveuse... Vous pigez ?! De même, pourquoi garde-t-on des vêtements devenus trop étroits pour nous, au cas où, un jour, on retrouverait notre ligne ? Aussi... Pourquoi essaie-t-on de rentrer dans les jeans qu'on portait à nos vingt ans *juste pour voir*, alors qu'on sait pertinemment qu'on ne fait plus la même taille ? Et le pire, c'est quand on achète des fringues trop petites pour nous parce qu'elles sont trooop jolies et en sooolde, et que « C'est pas graaave si on ne peut rentrer qu'un seul sein, parce qu'on va bientôt se mettre au régime ! ».

Enfin bon... Je dis ça, mais y'a pas longtemps que j'ai capté (eh, je n'ai jamais dit que j'étais un génie !) que ce sont les régimes plus que les grossesses qui m'ont fait prendre du poids. Je crois bien que je les ai tous faits ! Les Duchan, Coben, Delabotte, Watch Weighters... Et ils ont marché ! Si je cumule toutes mes périodes de diète, j'ai perdu au moins 150 kg. Le seul souci, c'est que j'en ai repris 168.

Je ne me rappelle pas d'un jour où je ne me suis pas privée, et pourtant je suis devenue une petite rondouillette. D'ailleurs, à bien y réfléchir, même quand j'étais mince, je me trouvais grosse à l'instar de millions de femmes et de jeunes filles... et probablement de garçons. Et c'est d'ailleurs comme ça que l'engrenage de mes mauvais comportements alimentaires a commencé.

À qui la faute ?!

Aux papiers glacés avec leurs mannequins photoshopées ; aux magasins tendances qui ne font pas de fringues pour les « grosses » qui font du 42 (Oulala comment c'est gros ça, mais elles font quoi ces filles-là, elles mangent tous les jours ou quoi ?!) ; à nos mères (parce que c'est toujours à cause d'elles, pratique ; les mères ont été inventées pour ça) ; à nous qui sommes nombrilistes ; aux *copines-pas-vraiment-copines*[20] qui font des réflexions genre messages subliminaux :

– Je t'admire, tu sais. C'est fou le courage que tu as ! Moi, je n'oserai jamais porter un pantalon blanc, ça fait TOUJOURS un cul d'hippopotame, même quand on en a un petit, alors ! (Alors quoi ?) ;

– Je connais un super régime, si tu tiens, tu perdras tout ce surplus ! (Euh en même temps, je ne t'ai rien demandé. Parle à ton miroir magique ! Et laisse-moi manger mon sandwich poulet - mayo tranquille !) ;

– T'arrives à rentrer dans ce style de robe, toi ? Tu vois, je n'aurais jamais parié. Malgré tout, ça te va vachement bien ! (Sans commentaire !).

Perso, maintenant, j'ai compris que les copines en question ne vont pas bien dans leurs têtêtes, et qu'il y a effectivement une bonne centaine de kilos dont j'aurais dû me débarrasser depuis longtemps. Attendez voir que je ne dise pas de bêtise : une, deux, trois, quatre... Disons 50 à 60 kg par connasse... Allez, on va dire 350 kg pour être large !

20. Vous pouvez remplacer « copines » par « belles-mères », « belles-sœurs », « sœurs »... Ça marche aussi selon les cas.

Faites comme moi, débarrassez-vous de tous ces kilos de connasses en trop ! Vous vous sentirez tellement mieux après...

C'est aussi la faute de tous ces pseudo-modèles à qui on a l'impression de devoir ressembler, surtout quand on est jeune et influençable. Les Kate, les Victoria et les autres starlettes et soi-disant influenceuses souffrant de malnutrition – les *je-tire-la-gueule-non-stop-car-j'ai-trop-la-dalle*.

(Je veux bien admettre que je m'avance peut-être trop vite. Si ces filles boudent sur tous les clichés, font des *duckface*, c'est peut-être juste que la ficelle de leur string les gêne ou qu'elles sont constipées... Et ça, ça peut arriver à n'importe qui, même aux Princesses !)

Je n'ai qu'un conseil pour elles : mangez, mes biches, vos zygomatiques ont besoin de force pour s'exprimer ! Le pire c'est que même si ces femmes ne nous intéressent absolument pas, impossible d'y échapper, le matraquage des magazines est constant. (Lire avec une voix de méchant démoniaque) :

Tu n'en veux pas, et bah, t'en auras quand même ! Ouvre ton crâne, qu'on y mette des photos retouchées et qu'on te parle d'un monde où la cellulite est un péché mortel ! Quoi, tu résistes ? Tu l'auras voulu ! On va publier un cliché d'une star de ciné au comportement alimentaire normal. Un paparazzo prendra une photo d'elle sur la plage en bikini, et on la mettra en couv', pour que le monde entier voit son petit bidon, son 1,5 cm^2 de cellulite et, accessoirement, son dernier né, avec un gros titre : « Ma chérie, tu te laisses aller ! Ah Ah Ah ! ». Et toi, tu sauras, tu sauras que tu es grosse et moche... Parce que tu n'arrives pas à sa cheville...

Résultat :

Les *je-tire-la-gueule-non-stop-car-j'ai-trop-la-dalle* deviennent LA référence, et leur silhouette décharnée le but à atteindre.

Si on refuse ce modèle, les autres y adhèrent totalement et nous donnent l'impression d'être la doublure du bonhomme Michelin… Alors qu'on est un spécimen humain tout à fait dans la norme de ce que la nature a prévu au départ pour notre espèce et pour chacun et chacune d'entre nous ! Parce qu'on l'oublie souvent en voulant la traficoter, mais la nature est plutôt sensée… Elle a tout prévu et nous a fourni tout ce dont nous avons besoin. Jamais elle ne s'est dit : « Ce serait vraiment suuuupeerrr si les filles ressemblaient à des clous ! Elles pourraient porter des tailleurs haute couture et des talons aiguilles qui leur tortureraient les pieds, sans oublier la colonne vertébrale… Oh oui, oui, oui, je vais faire ça, c'est gééééniaaal, je suis tout bonnement géniale ! *Helloooo, my name is Nature and I'm a genius !* ». Noooon, elle ne s'est jamais dit ça ! La preuve, c'est que les jeans slim ne poussent pas dans les arbres !

Si on a un bon petit caractère, au début on envoie chier ces autres... Ensuite, à force de se prendre des réflexions, des sous-entendus et des regards en coin dans la tronche, on finit par penser qu'effectivement, ils doivent avoir raison. On commence alors à se priver ou à faire des bidules stupides comme ne manger que de l'ananas ou du blanc de poulet... Sans réfléchir aux conséquences dramatiques sur notre corps.

Même quand les médias qui portent aux nues les *je-tire-la-gueule-non-stop-car-j'ai-trop-la-dalle* essaient de se rattraper, histoire de se donner « bonne conscience », ils gaffent !

Phrase type de chroniqueuse d'une émission TV quelconque : « Cette actrice est magnifique, bien qu'elle soit dodue comme un dindon. Comme quoi les filles, dites NON à l'anorexie ! ». Euh mais, madame la chroniqueuse... C'est Scarlett Johansson, elle fait 57 kg toute mouillée... Et elle est juste sublime !

Enfin, il y a quand même des magazines courageux, qui exhortent leurs lectrices à rejeter les régimes, à s'accepter telles qu'elles sont avec toute leur graisse. Des rebelles qui osent parler des beautés HORS NORMES. Pour ce faire, ils utilisent tous les mêmes exemples de célébrités, rondes et jolies, dont ils exposent les photos : Salma Hayek, Monica Bellucci, Jennifer Lopez, Christina Hendricks, Eva Mendes... Mouaaaiiiis, alors si elles, elles sont rondes, perso je suis en obésité morbide !

Et encore, ça c'est du pipi de chat, les jeunes d'aujourd'hui font également face aux défis débillissimes du net : « Si tu peux te dissimuler derrière une feuille A4, tu es mince comme il faut ». À quand la paille ? Et leurs photos sont passées au crible sur Amstramgram ou sur Fastlook par leurs « amis », dont les repères sont complètement faussés.

Attention, je ne critique pas les personnes naturellement minces, ou maigres, ni celles qui font des efforts raisonnables et sains pour le rester... Je ne dis pas non plus qu'on doit tous être potelés. Comprenez qu'ici, en vérité, il n'est pas question de silhouette, mais de souffrance. Le sujet, ce sont ces individus qui souffrent, ceux qu'on fait souffrir, et ceux qui font souffrir les autres. Ce sont ces carcans que nous acceptons avec une certaine satisfaction, et auxquels nous ajoutons volontairement quelques flagellations en prime. Ce sont ces artefacts humains que nous admirons tandis qu'ils nous placent des produits hors de prix.

Nous avons tous des complexes quelle que soit notre apparence, et ils nous font oublier que la nature ne commet pas d'erreurs. Où nous voyons de l'imperfection, où nous voulons de l'uniformisation, elle a créé de la beauté. La cellulite, les petits plis sur le ventre quand on est assis, les rondeurs sur les hanches, prendre du poids quand on attend un bébé... C'est juste NORMAL ! Et comme Mère Nature aime la diversité, elle a fait des êtres dodus, des minces, des petits, des grands, des musclés, des frêles... et elle leur a donné des culs plats, des gros boules, des nez riquiquis, des péninsulaires, des cuisses charnues, des cannes de serein, des minis seins, des nichons obus... parce que ces différences sont aussi merveilleuses que le sont les montagnes et les plaines. Dooonc... Au sujet de ces tortures que nous faisons subir à nos corps pour les fourrer dans un moule qui ne leur convient pas, un mot paraît vital, et c'est :

STOP !

Réveillez-vous avant qu'il ne soit trop tard, et que la seule chose qui vous aille comme un gant, ce soit un cercueil !

Et soit dit en passant, les Princes sont nombreux à aaadooorer le naturel…

Les filles, il serait peut-être temps qu'on écoute ceux qui nous disent qu'on est splendides telles qu'on est. Les garçons, faites-en de même ! Et envoyons tous des colis de secours remplis de bons trucs à manger et de messages de soutien aux *je-tire-la-gueule-non-stop-car-j'ai-trop-la-dalle* ! Et si vous avez besoin d'un coup de pouce supplémentaire pour vous délester de leurs influences, rappelez-vous qu'il n'est pas rare qu'on apprenne via divers supports médiatiques (ceux-là mêmes qui les iconifient) que leurs mecs (ou leurs nanas) se sont tapé les nounous de leurs enfants ou leurs assistantes, avec leurs petits bourrelets et leur peau d'orange – les *je-croque-la-vie-à-pleine-dents*. Bien sûr, c'est nul de leur part ! Je désapprouve, et je suis sincèrement désolée pour les *je-tire-la-gueule-non-stop-car-j'ai-trop-la-dalle* qui, soit dit en passant, sont à la fois bourreaux et victimes des diktats sociaux – VRAIMENT ! Mais on peut en tirer une conclusion :

Le bonheur ne se pèse pas sur une balance !

LES BONS CONSEILS DE CENDRILLON

Soyez fières de vos défauts. Faites-en des atouts !

Exemples :

— C'est vrai ! J'ai le cul d'un éléphant, mais j'ai aussi sa mémoire[21] !

— Non, je ne suis pas curieuse ! Je m'intéresse aux êtres humains, MOI MONSIEUR[22] !

— Il faut bien que quelqu'un finisse les plats, je déteste le gâchis ! Tu as entendu parler de la consommation responsable[23] ?!

---

21. Si c'est pour répondre à un commentaire désagréable de votre Prince, rajoutez : « Alors fais gaffe ! ».
22. C'est toujours le même qui vous fait des commentaires désagréables.
23. Encore lui !

Vos chenapans testent vos limites. Ne craignez pas d'être autoritaire ! Ils ne vous en aimeront pas moins.

Mise en situation :

« Tiens ! Prends mon sabre laser dans ta face de caca qui pue ! hurle un gars complètement frapadingue, en se jetant du canapé.

— Les garçons, vous allez finir par vous blesser... À 3, lâchez vos armes sinon je vous mets au coin. 1, 2... ordonné-je.

— Ça y est, maman ! Moi, j't'ai écouté ! crie mon petit dernier avant d'être touché au bras. Aïeee !

— Je t'ai eu ! Je t'ai eu ! jubile le dingo.

— C'est trop pas juuuste ! Maman a demandé qu'on arrête, PAPA !

— CHÉRI ! Va au coin ! Dépêche ! me fâché-je.

— Non, mais... pfff... résiste papa, alias frapadingue, alias mon Prince.

— Ne m'oblige pas à le répéter ! Et arrête de lever les yeux au ciel quand je m'adresse à toi ! »

AU-TO-RI-TAI-RE,
c'est la clef de toute bonne éducation.

POURQUOUWAAA ?!

Pourquouwaaa les mecs commandent toujours des pizzas le jour où leurs femmes ont décidé de se mettre au régime ?

Ont-ils peur que la perte de leurs kilos superflus les rende lucides et qu'elles les plaquent comme des grosses merdes ? Si oui, c'est ridicule ! Ça fait un bail qu'elles ont conscience d'être mille fois mieux que leurs petits crapauds adorés !

Les aiment-ils bien en chair, contrairement à ce qu'ils disent – eux aussi victimes des diktats de la société ? Fallait le dire ! Ce sera une *quattro formaggi* avec supplément de parmesan par ici – *per favore* !

CHAPITRE 7

Ô marâtre, ma belle !
Chacune de nos rencontres
est un ~~supplice~~ délice !
Mais merrrrccciii quand
même !

Marâtre : désigne la seconde épouse du père ; est devenu synonyme de mauvaise mère.

Ouais, ouais, ouais… En fait, ce n'était pas si mal que ça ! Ma mère a fait le job. Elle m'a traumatisée juste ce qu'il faut. Mes demi-sœurs idem. Et contrairement à ce que raconte mon conte, j'ai rendu coup pour coup. Le B.A.-BA.

Là où je suis vraiment devenue la proie de méchantes femmes, narcissiques et cruelles, c'est quand j'ai rencontré ma belle-famille. En effet, mon Prince est flanqué d'une mère et de deux sœurs. Quelle idée aussi ! Décidemment, il n'en loupe pas une !

Chacune de nos rencontres est un ~~supplice~~ – je voulais dire délice. Oh ça va, hein… Tout le monde se serait trompé, ça finit pareil… Tant qu'à réformer la langue française, moi, je dis qu'il faudrait réfléchir à ces deux mots-là, enfin bon…

Lors de ces visites, mon Prince et moi avons juste le temps de passer le seuil de la porte que sa mèèère et ses sœeeeurs nous assomment de reproches à propos de tout et de rien, dans un flot de paroles ininterrompu.

ATTENTION, on a quand même le temps de leur dire « Bonjo'... » !

Au départ, on a essayé de faire des efforts pour leur plaire et éviter les sujets qui fâchent... Mais nous n'avons pas trop su par quoi commencer, étant donné que rien ne trouve jamais grâce à leurs yeux, ni notre château, ni notre carrosse, ni notre façon de bouger, de nous habiller, de respirer, de manger, de parler et aussi de nous taire... On a donc laissé tomber.

Quelques exemples :
On peut se faire engueuler parce qu'on est en retard à une invitation pour un moment ~~désagréable~~ agréable en famille mais aussi parce qu'on est en avance et encore plus si on est à l'heure.

On se fait aboyer dessus quand on donne notre avis sur un sujet quelconque, alors on reste muets pour éviter de se faire crier dessus... Mais du coup, on se fait enguirlander parce qu'on ne communique pas.

C'est kafkaïen, n'est-ce pas ?!
(Ça, c'est juste pour que vous sachiez que je suis cultivée...)

Perso, je prends mon mal en patience lors des ~~corrections~~ réunions familiales. Je serre les dents à en faire péter mes plombages, et je regarde ma montre chaque minute :

— Ça y est, c'est maintenant ! La Grande Faucheuse va venir me chercher...

J'ai une impression de déjà-vu... Ah ouuiii ! J'ai déclaré la même chose durant ma première *Big Boucherie,* quand je croyais que j'allais passer l'arme à gauche à cause de mes violentes contractions et que je m'accrochais de toutes mes forces à la vie :

— ... Mais qu'est-ce qu'elle fiche la Mort, bordel ! C'est une grosse feignasse, ma parole ! Elle s'est arrêtée dans une maison de retraite avant de venir ici ou quoi ?! J'attends encore deux minutes et ensuite, je m'achève toute seule avec le couteau à beurre !

Ah... Au temps pour moi, c'est légèrement différent !

Quant à mon Prince, il a apparemment réussi à se créer une bulle invisible dans laquelle il semble inatteignable. C'est pratique, surtout quand il s'agit de ne pas entendre les méchantes attaques de ces furies à mon égard.

— Tu as entendu ce qu'elle a dit ? Pourquoi tu n'as rien dit quand elle l'a dit ?!

— Je n'ai pas entendu. Qu'est-ce qu'elle a dit ?!

— Mais tu te fiches de moi ! Tu étais juste face à elle quand elle l'a dit !

— Ah oui, mais je n'écoutais pas ce qu'elle disait... Mais la prochaine fois, je ferai attention à ce qu'elle dira, et je lui dirais d'arrêter de le dire...

— Tu dis toujours ça ! Et tu ne dis jamais rien !

Kafkaïen, je vous dis !

Néanmoins, on ne peut pas nier que mes belles-sœurs et ma belle-mère possèdent une grande qualité : leur extrême sincérité. D'ailleurs, après chaque vacherie, elles ajoutent : « Bah, quoi, je dis ce que je pense... ». Euh, oui, bon... À toutes les personnes qui se cachent derrière leur supposée franchise pour balancer des saloperies, j'aimerais dire aujourd'hui au nom de tous ceux qui ont été victimes un jour de vos crocs acérés : le problème, c'est justement que vous ne pensez rien de gentil. Et vous attribuer une vertu n'annule en rien votre vilain défaut. Méchanceté + Franchise = Méchanceté, et pas : « Je suis trop sincèèèèreee ».

Elles ont également un grand sens de l'humour, et ça, je me dois de le reconnaître et de le saluer.

Leur blague fétiche, c'est de nous demander pourquoi on ne se voit pas plus souvent et pourquoi on ne leur téléphone jamais.

Euh, je ne sais pas... VRAIMENT... Je ne vois pas !

Évidemment, chères lectrices et chers lecteurs... mon Prince et moi avons tenté de rétablir un dialogue avec ma belle-mère et mes belles-sœurs, afin de reconstruire les bases d'une relation saine. Pour ce faire, on s'est tous assis autour d'une table. Et devinez quoi ? Nous sommes parvenus à trouver ce qui clochait ! Comme quoi, quand on communique tout s'arrange... Les psyyys vous l'expliqueront mieux que moi... Le comble, c'est qu'il s'est avéré que la solution était sous notre nez depuis le début ! Ce sont mes belles-sœurs qui ont mis le doigt sur le problème central, c'est-à-dire MOI. Quant à la solution, elles l'ont dénichée aussi, et elle est somme toute assez simple : il faut que j'aille voir ailleurs. Et après, ça ira comme sur des roulettes ! Vas-y, roule ma poule ! Si j'ai bien compris, je les provoque ! **Pas bien Cendrillon, pas bien !** Oui, c'est mouaaahhh apparemment qui veux qu'on me fasse des méchantes réflexions sur mes tenues, mes coiffures, mon travail, ma façon de tenir ma maison ou d'éduquer mes enfants... Je dois être une maso qui s'ignore... ou j'sais pas !

Et aussi, c'est tout de ma faute, parce que je suis très très têtue... **Bourrique Cendrillon, bourrique !** Oui, je suis têtue, parce que je ne veux jamais admettre qu'elles ont tout le temps raison ! Mouais...

Alors là, j'avoue que je suis un peu paumée... Non, parce que je veux bien me remettre en question... Même si mon cerveau marche encore au ralenti, j'ai bien conscience qu'une relation ne fonctionne que si chacun y met du sien. Toutefois j'ai du mal à voir comment je peux leur avoir révélé mon côté provocateur et ma tête de mule, alors que je n'ai jamais réussi à prononcer une phrase en entier dans une ~~altercation~~ conversation avec ma belle-famille sans que mes belles-sœurs me coupent une dizaine de fois la parole... *« Je X pense X que X oui X mais X par X d'accord X mais X laisse X tom XXX ber »*... Sans compter que généralement, l' idée que je ne pourrais pas parler sans être interrompue provoque chez moi un complet mutisme. Quand on n'a pas de réseau, le mieux c'est de raccrocher !

De fait, après notre discussion à cœur ouvert sur ce qui clochait entre nous, j'avoue que j'étais un peu dans le brouillard et, pour démêler ce qui pour moi représentait un véritable sac de nœuds, j'ai été étudier les relations de mes copines avec leur belle-famille. Et la bonne nouvelle, c'est que ce n'est pas mieux ! Ouf ! Je me suis sentie soulagée... Comment ça « c'est pas sympa pour les copines » ? Oui, bah hein, y'a pas de raison ki yait que moi qui souffre !

Alors évidemment, les situations divergent en fonction de la copine et de la belle-famille – c'est *plus* ou *plus pire*... Y'en a même deux ou trois qui m'ont confié « adorer » leur belle-maman, mais bon... L'une d'entre elle est du genre à vouloir avoir tout mieux que tout le monde – même si on parlait mycose vaginale, elle serait capable de m'affirmer que la sienne est plus jolie que la mienne... La deuxième, sa belle-mère vit sur une île dans un autre royaume très lointain où les habitants s'habillent tous en vert et où ils mangent des trèfles à trois feuilles - moi aussi, je pourrais parfaitement m'entendre avec ma belle-doche si une mer glacée nous séparait... Et la troisième a omis de me préciser qu'elle avait épousé un orphelin - je lui pardonne, elle est enceinte.

Et grâce aux anecdotes de mes copines sur leurs relations avec leur belle-famille, aux miennes et aussi après m'être mise au vert durant un week-end chez les *Trois Petits Cochons* où j'ai pu observer le monde animal, j'ai compris pourquoi belle-fille + belle-famille, ça ne pouvait pas fonctionner !

J'aimerais donc vous faire part de ma réflexion et me faire l'avocat du diable en plaidant en faveur des belles-mamans et des belles-sœurs (depuis « L'affaire des cailloux », plaider les causes perdues est devenu mon hobby...), afin que nous autres, les belles-filles, puissions les comprendre et qu'ensemble nous tentions de vivre enfin en harmonie, main dans la main...

Voici donc la théorie métaphorique que j'ai élaborée en étudiant une basse-cour :
On sera toujours, aux yeux des poules de notre belle-famille (principalement notre belle-mère et nos belles-sœurs, mais aussi nos tantes, nos cousines, nos nièces par alliance), la poulette issue d'un autre poulailler qui est venue pour piquer un de leurs coqs... Qu'on le veuille ou non, elles ont l'impression qu'on est là à dandiner notre postérieur sous leur nez comme pour leur dire *« C'est moi ki ai les œufs les plus frais de toute la basse courrrreuh nananananèreeeeeueueueh... »*, les reléguant aux rôles de poules de rôtissoire.

Et puis, on est différentes ! On ne porte pas nos plumes comme elles, on n'a pas la même façon de glousser, pas la même façon de couver... parce qu'on a reçu une éducation différente, pour la bonne et simple raison que tous les poulaillers sont différents ! Et ça aussi, ça les fait tourner en bourrique ! *« Mais regaaaardeee, komment kelle lève sa patte kan elle picore celle-là ! Non, mai'kommen'k'elle se la pète, elle se prend pour une cygne ou koi ! »*, qu'elles se disent par exemple ! Et nous aussi, il faut bien l'avouer, on les trouve bizarres parfois...

Résultat, les poules de la belle-famille filent des coups de bec à la poulette pour qu'elle sache qu'elle n'est pas la bienvenue, ou l'ignorent en lui tournant le dos pour montrer la majesté de leurs propres derrières.

À mon mariage par exemple, les poules du poulailler d'où est issu mon Prince sont restées entre elles près des buffets pour se gaver comme des oies, m'ignorant totalement... Et elles me présentaient leurs popotins à chaque fois que je tentais une approche... « On ne t'avait pas vue », m'ont déclaré certaines d'entre elles quelques semaines plus tard... Pour leur défense, une Princesse déguisée en énorme meringue blanche dans un mariage, n'importe qui à leur place se serait demandé de qui il s'agissait... C'est de ma faute aussi, pourquoi je n'ai pas mis un gyrophare sur ma tête comme toute bonne mariée qui se respecte ? Qu'est-ce que c'est que cette manie que j'ai de toujours vouloir passer inaperçue ! Il faudrait vraiment que je consulte un psyyy.

Malgré tout, je persiste à dire qu'il faut essayer de comprendre les poules de notre belle-famille, les coqs aussi bien sûr... mais eux, c'est un peu différent... Le plus souvent, ils s'en fichent qu'une autre poule pointe son bec, et ils sont plutôt contents qu'un jeune coq s'en aille ailleurs fonder un autre poulailler. « Kasse-toi, kasse-toi, ça me fera de la place... », se dit le vieux coq (le beau-père) intérieurement. C'est pour ça que les poulettes ont rarement à redire concernant les coqs de leur belle-famille, ça arrive, mais c'est rare...

J'espère que vous me suivez... Je sais que cette métaphore *gallinacière* est un peu compliquée, mais je pense que ça vaut le coup de s'accrocher, on tient un truc...

Quant à la mère poule (la belle-mère), elle, elle ne veut pas que son poussin devenu coquelet aille vivre avec une poulette pour créer un nouveau poulailler, parce qu'elle sait pertinemment que la poulette va remarquer toutes les failles de son chantier (ou de son mode d'éducation si vous préférez). Bah oui... Elle en a conscience la mère poule, qu'elle a bâclé le boulot ! Elle a constaté par elle-même que son coquelet avait du mal à trouver ses graines tout seul et qu'il ne nettoyait jamais derrière lui, elle n'est pas complètement ~~conne~~ dromadaire ! Et la dernière chose qu'elle désire, c'est qu'une poulette vienne lui mettre le nez dans son propre caca en soulignant tous les vices cachés de son coquelet... Mettez-vous à sa place ! Et pourtant, elle pourra battre des ailes tant qu'elle veut, elle n'y échappera pas... Effectivement, la poulette va pointer tous les défauts du coquelet en question dès qu'il sera à sa ~~merci~~ portée et elle les brandira comme les trophées de sa propre capacité à gérer un chantier...

Pour ce faire, la poulette ne va pas utiliser des mots – noooon, elle est plus maligne que ça. Tout passera par le REGAAARD. À chaque fois qu'elles se verront, la mère poule pourra clairement lire dans les yeux de la poulette : « Eh bah di'donc j'sais pas ce que t'as foutu mais ton chantier est tout raté ! Y'a des fils qui pendent partout, la charpente est pourrie et j'te cause même pas des infiltrations ! ». Ce qui, avouons-le, n'est pas très très sympa... Y'a de quoi se vexer !

La mère poule prendra également comme des attaques personnelles les changements de look et d'attitudes de son coquelet dus en partie à la reprise en main du chantier par la poulette, même et **surtout** s'ils sont extrêmement positifs... Il se jouera alors un combat de poules sur un ring imaginaire... Vous me suivez toujours ?

Exemples en vrac :

➡ Coquelet décide soudainement de changer sa raie de côté alors qu'elle n'a jamais bougé d'une plume depuis sa plus tendre enfance - Mère poule reconnaît la patte de Poulette - *Oh la la c'est un superbe uppercut de Poulette dans la mâchoire de Mère poule* - qui réplique en faisant une réflexion à Poulette sur son jean moulant - *Coup de poing de Mère Poule dans le ventre de Poulette. Ah, quelle belle technique ! On sent l'expérience de la vieille poularde ! Une bien belle performance que nous offrent ce soir ces sportives de choc !*

➡ Coquelet se lève de table pour débarrasser après un déjeuner en famille, alors qu'il n'a jamais levé son cul pour participer aux tâches ménagères - Pas de doute, c'est signé Poulette. - *Vlan ! Phénoménale manchette de Poulette qui met à terre Mère poule... Oh la la la la, Mère poule a du mal à se relever de ce coup dans les côtes cette fois-ci... Quel match mes amis ! Quel match ! L'arbitre compte... Si elle ne se relève pas, Poulette sera déclarée victorieuse 1. 2. 3. 4... 10. K.O !!!!!!! Houraaaa... La foule est en déliiiiiireeeee...*

(Siii, dans ma tête, la foule est en délire, merci de ne pas me gâcher mon kif !)

Bref... On peut essayer de comprendre pourquoi toute la belle-famille nous a dans le pif... Siii, on peut ! Les pôvreees, ce n'est pas facileuhhh de recevoir toute notre perfection en plein visaaageee !

Ceci étant dit, ~~la mère poule~~ euh on va reprendre normalement et laisser les gallinacés de côté, parce que je commence à avoir mal ~~à la crête~~ au crâne... Ceci dit, donc, la belle-mère oublie souvent que son fils est un grand garçon qui prend parfois ses propres décisions tout seul comme un grand... Et que sa belle-fille n'est pas responsable de TOUT...

Dans ce domaine, la mienne est carrément amnésique. Quoi que fasse mon Prince, si ce n'est pas au goût de ma belle-mère, c'est forcément à cause de moi !

Exemples choisis :

➡ Quand mon Prince a raté sa licence d'éco pour la deuxième fois, ma belle-mère a décidé que ça n'avait aucun rapport avec le fait qu'il passait son temps à jouer au poker avec ses potes au lieu d'aller en cours... Noooon, tsss tsss tsss, *que nenni*... Ça n'avait rien à voir ! C'était *tout* à cause de moi ! Je pense que je devais le déranger *à force de* toujours être sur les bancs de la fac pour suivre mes cours ou en train de réviser mes propres exam'. **Méchante Cendrillon, méchante !**

➧ Quand il a eu sa période, *je-change-de boulot-tous-les-trois-mois*, c'était aussi de ma faute... J'avais trop envie de galérer financièrement à cause de son manque de stabilité... **Fofolle Cendrillon, fofolle !**

➧ Quand il perd ses papiers, c'est aussi de ma faute... Bah oui, c'est à moi de lui apprendre les bases de la vie comme ranger ses affaires ou se comporter de façon responsable... Euh attendez, y'avait pas des personnes avant moi qui étaient censées faire ça ?

➧ Quand il a une amende pour excès de vitesse avec Kiki son fidèle destrier, ma faute, pareil... Oui, même quand il est tout seul sur sa monture, j'ai qu'à me débrouiller pour être là quand il faut...

➧ Quand il oublie l'anniversaire de sa mère... C'est moi aussi... Tous les matins, je devrais lui répéter la date, et même lui confectionner un petit tableau avec des magnets comme à la maternelle.

➧ Quand il ne lui téléphone pas... Encore moi ! Bah oui, je suis supposée lui dire de le faire, en même temps que de lui ordonner d'aller se brosser les dents et d'enlever les épis qu'il a sur la tête.

Bon... OK... Aujourd'hui, je suis prête à avouer : c'est aussi de ma faute si on s'est mariés et qu'on a fait quatre enfants ! Je l'ai forcé ! Siiii, je lui ai fait une clef de bras et, je lui ai dit « maintenant je ne te lâche plus » !

J'aimerais dire à ma belle-famille et ma belle-maman que **mon Prince est heureux** - bah oui, sinon il aurait enfourché son Kiki pour cavaler vers le soleil couchant depuis longtemps...

Mais je ne dis rien... Et ça, je suis d'accord, c'est de ma faute.

Ma belle-mère, cette charmante grand-mère

Il paraît qu'il existe des belles-mères qui proposent de garder leurs petits-enfants juste comme ça, pour que leurs parents se reposent ou aillent à la gym, et parfois même y'en a qui emmènent leur descendance en vacances… Au début, je n'y croyais pas trop. Je me suis dit encore une légende urbaine ! Et quand c'était une copine qui me vantait les mérites de sa belle-doche dans ce domaine, genre : « Elle est trop chiante, mais par contre je peux lui confier mes gamins quand je veux, c'est trop cool ! », je me disais : « Ouaaaiiis, c'est çaaa… Et j'parie que ta mycose, elle est plus jolie que la mienne aussiiii… ».

Et puis, j'ai commencé à faire attention à ces dames âgées que je croisais dans les rues, accompagnées de jeunes enfants ou/et d'ados qui marchaient à dix mètres devant elles, qui se plaignaient auprès d'autres dames âgés, accompagnées elles aussi de jeunes enfants ou/et d'ados qui marchaient à dix mètres devant elles. Elles râlaient, parce qu'elles devaient ENCORE garder leurs petits-enfants durant les vacances scolaires (**oui, elles ont proposé leur aide, mais si elles ne se plaignent pas, c'est moins**

drôle ! Il faut aussi qu'elles montrent à quel point elles ont le sens du dévouement et du sacrifice... Elles sont mères avant tout !).

Un jour l'une d'elles a ajouté : « Et pendant ce temps, ma belle-fille se dore la pilule avec mon fils aux Bahamas[24] ! Elle se décharge complètement sur moi. Mais qui est-ce qui nous a fichu cette génération d'irresponsables, je vous le demande ?! ».

Et c'est là que j'ai compris : oooh, bah nooon, mince aloorrs, c'est une comme ça que je voulais mouaaah ! Une qui m'aurait laissé me décharger sur elle pour ensuite me débiner auprès de ses copines ! Je voulais être irresponsaablee, mouaahh ! Pourquoi j'ai jamais ce que je veuuux mouaaahhh ?!

C'est vrai quoi... J'aurais beaucoup aimé que ma belle-mère s'implique auprès de nos enfants. Surtout quand mon Prince et moi dormions si peu qu'on ressemblait à des morts-vivants et qu'on aurait apprécié que quelqu'un prenne le relais (attendez... je viens de tilter : les pauvres survivalistes, je les ai jugés trop vite ! Il faudrait que quelqu'un leur dise

24. Ce n'est pas de la faute de son fils. Il ne voulait pas y aller aux Bahamas, lui. Il a même supplié sa femme à genoux pour rester garder les enfants, mais elle n'a rien voulu savoir ! Alors il l'a suivie contre son gré !

que ce ne sont pas des zombies, mais des parents de familles nombreuses qui errent dans les rues ! Qui se dévoue ?).

Mais ce n'était pas jouable ! Le premier souci, c'est qu'elle n'avait pas trop le temps, elle devait s'occuper des enfants de ses filles. Le deuxième souci, c'est qu'elle se fiche éperdument de nos gosses au point qu'elle ignore comment ils s'appellent...

Il faut dire que ma belle-mère n'a jamais vraiment été du genre maman-gaga devant sa marmaille... Alors ceux des autres autant dire qu'elle s'en tamponne, quand bien même il s'agit de ses petits-enfants ! Même les enfants de ses filles, elle les a pris sous son aile uniquement dans l'espoir que mes belles-sœurs arrêtent de geindre qu'elles n'avaient pas de moyen de garde...

Et après tout, ma belle-mère a bien le droit de ne pas être maternelle ! Contrairement aux idées reçues, les femmes ne naissent pas avec cet instinct. Il se développe ou pas. Est-ce que les hommes naissent avec un poil dans la main eux ? NON. Il se développe ou pas. Et bah, c'est pareil ! Et le troisième souci, c'est que j'aime trop mes gamins pour les lui confier !

Et pi' aussi, elle m'énerve à toujours me donner son avis sur leur éducation, en me faisant bien sentir que je fais tout de travers, qu'à son époque, ça se passait autrement, qu'elle, elle sait faire... La preuve, insinue-t-elle, c'est qu'elle a élevé trois enfants, dont le Prince Charmant.

Mouais... Alors là, je ne vous cache pas que je me suis retenue plus d'une fois de lui répondre : « Étant donné les résultats que vous avez obtenus, surtout avec vos filles, permettez-moi de décliner votre offre de formation ! ».

Mais je n'en ai jamais rien fait...

Le truc, c'est que j'ai été « bien éduquée » comme disent les gens. Et quand on est « bien éduquée », on ne répond pas à ses parents, à ses tantes, à ses oncles et à ses beaux-parents (aux vieux en résumé !). Durant toute mon enfance, j'ai été conditionnée à ne pas répondre... comme beaucoup d'entre vous, chers lecteurs et lectrices, j'en suis certaine... Et ceci grâce à cette fameuse phrase que mes parents me répétaient inlassablement : « Ne me réponds pas ! »... Comme les vôtres le faisaient à votre adresse, j'en suis sûre... Quand j'étais petite, je me souviens que cette phrase m'interloquait, parce que je me demandais comment j'étais supposée communiquer avec eux, si je n'avais pas le droit de leur *répondre* ? Surtout quand dix minutes plus tard, ma mère m'engueulait parce qu'elle m'avait demandé si j'avais fait mes devoirs et que je ne lui avais pas répondu ... Et le pire, c'est qu'aujourd'hui, je bourre le mou de mes enfants avec la même satanée phrase... Sauf que j'ai eu la présence d'esprit de rajouter le mot « mal », ce qui change tout. « Ne me répond pas mal », ça a plus de sens, non ?

Bref... Je n'ai jamais mal répondu à ma belle-mère... Et pourtant, elle l'aurait souvent bien mérité, surtout quand elle s'attaquait à mes enfants, la prunelle de mes yeux, mon soleil, ma lune, mes étoiles...

Ci-après un petit florilège de ce que ma belle-mère m'a envoyé concernant mes enfants, et aussi de mes réponses, pitoyables :

– On est venus vous annoncer qu'on va avoir un troisième enfant, belle-maman !

– Encooore ! Et vous l'avez fait exprès ?!

– Euh... Oui...

...

– Tiens, je te le rends ! (en parlant de mon premier nourrisson).

– Euh...mais... je ne vous l'ai pas encore donné...

– Justement.

...

— Il faudrait le changer, non ?

— Ah bon, il a fait caca ? J'y vais tout de suite...

— Je suppose que ça veut dire qu'on va le garder. Tant pis, je finirai bien par m'y faire !

Ooook, ça je l'ai inventé de toutes pièces, mais croyez-moi, elle aurait pu le dire !

...

— Il faut laisser pleurer les bébés, ça leur fait les poumons !

... Là, j'admets que je n'ai rien répondu, même pas un petit truc minable histoire de... Cette phrase que toutes les mamans et tous les papas ont entendu au moins une fois est d'une bêtise sans commune mesure, et me laisse sans voix encore aujourd'hui...

Quoique... « Pleure, tu pisseras moins au lit » n'est pas mal du tout dans le genre... À part offrir un manuel d'anatomie, je ne vois pas... Ah si, peut-être, un petit « Ça développe surtout leurs angoisses ! »... Ooooh pi' non, autant essayer d'escalader l'Everest en tongs !

— Tu verras ce que je te dis. Si tu ne cèdes pas, il va finir par s'arrêter !

Ah bah, en fait, y'en a plein des phrases connes !

— Oui, je pense que vous avez raison. Quand il sera à bout de force, y'a des chances !

...

— Ah, tu as décidé de les habiller comme ça ?

— Ouuuuiiii... Pourquoi ?

— Pour rien. Mais vous allez ailleurs après ? Dans un lieu public ?

— Noooon... Pourquoi ?

— Pour rien. Tu fais ce que tu veux à tes enfants...

...

— Donnez vos assiettes les enfants, que je vous donne des épinards !

— C'est gentil, belle-maman, mais ils n'aiment pas ce légume. Vous vous rappelez, on vous l'a dit la dernière fois, et la fois d'avant aussi, et celle d'avant...

— Ah mais, tu dois les forcer ! C'est bon pour leur santé, tu sais ! Qu'est-ce que c'est que ces petits capricieux ! De mon temps, on élevait les enfants correctement. Ils n'avaient rien à redire !

— Alors moi, je les éduque. Je suis mère, pas éleveuse canin. Et je ne suis pas inquiète. Ils mangent des légumes, mais pas celui-là ! On ne pourrait pas leur donner des pizzas, j'en ai vu dans la cuisine ?

— Certainement pas, je le garde pour le repas des adultes, quand les enfants auront terminé. Mes filles et moi détestons la verdure ! Bwwaaahh !

Elles sont nombreuses les grandes personnes à obliger les enfants à manger des trucs qu'eux-mêmes ne mangeraient pour rien au monde, sous prétexte que c'est pour leur bien, et c'est vraiment nul ! Je sais, ce n'est pas très percutant. Excusez-moi, je suis un peu à court d'arguments...

...

— Arrête de pleurer comme une fillette, Machin ou Bidule – t'es lequel toi ?!

– Écoutez belle-maman, il s'est fait mal. Il a bien le droit de s'exprimer ! Et puis, si vous pouviez éviter les stéréotypes, s'il vous plaît...

— Tu ne devrais pas les écouter à chaque fois qu'ils viennent se plaindre... Tu sais... de mon temps...

– Ah bah non, ça alors, hors de question que je les écoute ! Il manquerait plus que je joue avec aussi !

Oooook, ça aussi, ça n'a pris vie que dans ma tête, et c'est tellement dommage !

J'y pense d'un coup... Vous allez me dire que c'est tiré par les cheveux, mais je me demande si les problèmes de mon Prince pour communiquer et pour exprimer ses émotions n'auraient pas un rapport avec son éducation... Nooon, tsss, tsss, c'est à cause du pénis ! Restons sur les stéréotypes... C'est plus sûr !

Vous en connaissez un peu plus sur mes marâtres, et mon petit doigt me dit que beaucoup d'entre vous avez les mêmes à la maison – les autres, celles qui ont des chouettes belles-mamans, des super belles-sœurs et des sublimes mycoses, et bah d'abord, on vous cause plus !

Ceci étant dit, j'aimerais quand même rappeler qu'elles ont des circonstances atténuantes comme je l'ai démontré plus haut avec ma théorie *gallinacière*, et que nous aussi les brus avons un ou deux défauts… De plus, j'aimerais aussi remercier ma belle-maman car sans elle, je n'aurais jamais eu mon Prince. Elle est la matrice à l'origine de mon bonheur…

MEEERRRDDDCIIII !

Si on a *presque* toutes une dent contre nos belles-mères, c'est parce qu'elles sont insupportables, mais pas que… C'est aussi parce qu'elles sont responsables des vices cachés de nos hommes comme nous l'avons déjà vu à plusieurs reprises.

Pour ma part, je me suis tapé pas moins de dix ans de chantier ! Rien que ça !

Et encore, il reste quelques finitions ici et là. Trois fois rien.

« 1.2.1.2. Allô. Vous m'entendez ? 1.2.1.2. Chantier en cours, je répète, chantier en cours. Le gros œuvre est terminé. Les engins peuvent quitter le chantier. Les équipes 2 et 6 resteront pour les finitions, sous ma direction. Merci. »

Quand j'ai connu mon Prince, il possédait la base de la bonne éducation : respect des autres, politesse, galanterie (si vous répétez à ma belle-mère ce que je viens de déclarer, je vous tuerai et je donnerai votre corps à manger à Wanda, mon poisson rouge !). Vous vous doutez bien qu'autrement je ne l'aurais pas choisi pour devenir l'élu de mon cœur.

Néanmoins, il y avait quelques pans de sa personnalité qui étaient tout de traviole et que j'ai mis un certain temps à redresser. Par exemple, au départ, sa conception de la participation aux corvées ménagères se limitait à ouvrir le réfrigérateur pour se faire un encas, sans oublier d'en mettre partout et de ne rien ranger. Et « On se prépare un petit dîner en amoureux » signifiait dans sa bouche : « Tu fais la bouffe et je me mets les pieds sous la table ! Ok ? ». C'était « le bon temps », comme il dit. Mououaiais…

Et selon mes sources, je suis loin d'être la seule à avoir hérité d'un Gugusse pareil !

Chères lectrices,
Je vous le demande donc :
qu'ont fait nos belles-mères ?!

Un homme mis au monde et éduqué par une femme ne devrait-il pas être **PARFAIT** – Prêt à l'emploi ? Gentleman ? Militant féministe ? Défenseur de la parité ? Une main de fer dans un gant de velours ? Un type qui trouve ses chaussettes sans aucune aide extérieure ? Un subtil mélange de Clint Eastwood et de Mary Poppins ?

À vous qui élevez des garçons,
pensez à vos futures brus !

Aplanissez le terrain ! Construisez des fondations solides et tout ce qui va avec pendant qu'on y est !

OUI, vous leur en voulez déjà à vos belles-filles, parce qu'elles vont vous piquer vos gars – ô comme je vous comprends !

Perso, j'ai déjà une boule au ventre à l'idée que les miennes n'aient aucune envie de voir leurs beaux-parents, c'est-à-dire mon Prince et moi, tous les week-ends ! Et qu'elles tiltent légèrement quand je leur annoncerai que j'ai programmé nos vacances en famille pour les quarante prochaines années ! De fait, vous pouvez me croire quand j'affirme que je sais quel est l'enjeu et ce qui vous fait si peur. MAIS SOYEZ MAGNANIMES !

Dites-vous que vous serez une vieille poule un de ces jours et, que si vous menez bien votre chantier, votre bru vous en sera reconnaissante et qu'en plus, si vous êtes charmante avec elle, il n'y a aucune raison pour qu'elle refuse de partir en Bretagne tous les étés en votre compagnie (je croise les doigts, je croise les doigts, je croise...).

Et pensez aussi à toutes les fois où vous vous êtes retrouvée face à un affreux macho – un néand' si vous préférez – à qui la maman aurait dû mettre les points sur les *i* en lui inculquant les bonnes manières et en lui apprenant à respecter les femmes. MAIS BIEN ÉVIDEMMENT que nos hommes ne font pas partie de cette catégorie, et que nos fils non plus d'ailleurs ! Mais les néand' existent, et il faut bien qu'ils viennent de quelque part… Si ce n'est de vos utérus, ni du mien, c'est donc d'un autre…

Loin de moi l'idée de vous apprendre votre job – je suis sûre que vous vous en tirez très bien –, toutefois voici quelques conseils non exhaustifs au cas où, ça ne mange pas de pain…

(Attention, ceux estampillés néand' sont incontournables, si vous ne voulez pas être responsable de la mise en circulation de l'un d'entre eux !)

Apprenez-leur à PARTICIPER (pas à aider) aux tâches ménagères :

– **Votre mioche** : « Maman, y'a pas le sel sur la table ! ». Vous : « Lève ton cul royal et va le chercher ! ».

– **Votre mioche** : *« Maman, je ne trouve pas mon pantalon »*. Vous : « Tant pis, tu iras en slip à l'école ! ».

– **Votre ado** : « Maman, j'ai faim ». Vous : « Je t'ai fait deux mains que je sache. Je crois d'ailleurs que tu en abuses allègrement pour assouvir des besoins moins vitaux. Profites-en pour me faire un sandwich ! ».

– **Votre ado** : « Maman, j'ai sali mon jean ». Vous : « Ça me fait une belle jambe ! ».

NON, votre rôle n'est pas de les chouchouter ! Votre rôle, c'est d'être présente pour les préparer à la vie et leur apprendre l'autonomie. Et avec des bonnes fondations, ils seront heureux dans leur couple. Autrement, leurs Princesses les feront chier jusqu'à ce que des changements s'opèrent, et cela à juste titre ! Et eux, ils ne comprendront pas pourquoi *que le* monde i' tourne pas autour d'eux, ni pourquoi la femme qui partage leur vie éh bah elle fait pa' comme môman !

Pigé ?!

Les bonnes manières, quelques exemples :

- On dit « bonjour » à la dame.

- On laisse sa place aux femmes enceintes dans les transports en commun, aux personnes âgées et handicapées également. Non, non, on ne fait pas semblant de ne pas les avoir vues en se cachant derrière son journal !

NEAND'

- On ne coupe pas les ongles de ses pieds sur le lit, surtout quand on a des pieds très, très laids.

- On remet les bouchons – stylos, bouteilles, dentifrice…

➡ On ne fait pas pipi partout sur la lunette des toilettes, ni à côté. On la re-mon-teuh et on vise le trou ! Et après, on se lave les mimines avant de mettre ses gros doigts dégoûtants partout...

NEAND'

➡ On ne fait pas pipi (oui, encore...) dans la rue contre les murs. C'est vrai que c'est pratique ce petit tuyau de vidange, mais ça n'implique pas qu'il faut le sortir à tout bout de champ... On est capable de se retenir, parce qu'on n'est ni un caniche, ni un fox-terrier, compris ?!

➡ On n'oublie pas la date d'anniversaire de son épouse et les cadeaux qui vont avec ! Lesquels ? Fastoche, elles laissent généralement de nombreux indices éparpillés dans la maison – magazines cornés, messages sur le miroir de la salle de bain, petit dernier en mode : « Maman a dit de te dire qu'elle ne m'avait pas dit, mais que ça serait bien que je te dise ce qu'elle veut pour son anniv' » ... ALORS ON ARRÊTE DE SE PLANTER SYSTÉMATIQUEMENT ET ON SUIT LES INDICES !

➡ On ne quitte pas une petite amie par texto. Ni en lui disant : « C'est pas toi, c'est moi. ». On lui dit la vérité en face. Bref, on a des COUILLES !

➡ On ne dit pas à son épouse : « Je prends le volant, c'est mieux ». C'est mieux que quoi ? Ni : « Je vais conduire, il y a du monde aujourd'hui », parce qu'il se trouve qu'elle aussi a appris à éviter les autres voitures. Elle n'a pas passé son permis dans le désert namibien.

➡ On ne lance pas : « Aujourd'hui, on ne peut plus rien dire aux femmes ! ». Parce que c'est faux... Ce qui est vrai, c'est qu'on ne peut plus les insulter, les maltraiter, les contraindre ou les harceler sans un retour de bâton ou sans qu'elle nous démonte la gueule parce qu'elle pratique le Krav Maga. Alors on fait un effort pour comprendre ce qu'elles vivent au lieu de contourner le sujet avec des phrases toutes faites.

NEAND'

➡ On n'impose pas son propre désir, à qui que ce soit, qui que nous soyons.

Exercice pratique de mise en situation avec choix multiples :

On rencontre un être humain de sexe féminin qui nous plaît. Que fait-on en tant qu'autre être humain de sexe masculin ?

1. On lui fait part poliment de notre intérêt, ceci sans insister lourdement. Si elle s'avère réceptive, tant mieux, sinon tant pis, on tourne les talons.

2. On lui demande si elle pratique la fellation.

3. On la regarde comme si on voulait l'enfermer dans sa cave pour toujours.

4. On l'embrasse sans son consentement comme dans les comédies romantiques hollywoodiennes.

5. On lui soulève sa jupe et on lui tire les cheveux pour se marrer, parce que les garçons qui aiment les filles les humilient, c'est bien connu.

6. On l'invite à prendre un verre, et si elle refuse, on la traite de féministe frigide.

Étant donné les débats qui font rage un peu partout, et les imbécilités qui viennent à mes oreilles provenant de mâles comme de femelles, j'indique par avance qu'il n'y a qu'une seule bonne réponse, et que ce n'est pas la 2, ni la 3, ni la 4, ni la 5, ni la 6... histoire d'aider un peu.

Comment voir si elle est réceptive ? Puisque cela semble être aussi un grand mystère pour beaucoup, voici quelques pistes :

Réceptive, elle dit : « Oui, peut-être, éventuellement, pourquoi pas, je vais réfléchir, je vous appellerai »... Ce qui ne signifie aucunement « saute-moi dessus », autrement elle dirait un truc du genre : « saute-moi dessus ».

Non réceptive : « Non, n'insistez pas, c'est gentil mais non, je ne suis pas intéressée, au revoir monsieur bonne journée, jamais de la vie, même pas en rêve, va crever, j'attends quelqu'un, mon petit ami est troisième dan de karaté »... ou elle ne dit rien, mais elle regarde ses chaussures en espérant qu'il n'y aura plus personne quand elle relèvera la tête. Idem si elle tire la gueule, si elle se met à pleurer, si elle recule à chaque fois qu'on avance vers elle : c'est mort !

À paraître prochainement, le tome 2 de *Cendrillon balance tout* avec des astuces pour d'autres situations compliquées et non évidentes comme manger avec une fourchette, marcher un pied devant l'autre, respirer pour alimenter ses poumons... et des réponses à des questions que tout le monde se pose : Puis-je cracher sur les piétons dans la rue pour le plaisir ? Puis-je rentrer dans les maisons d'inconnus sans frapper si j'en ai envie ? Leur donner des claques sur les joues si elles me semblent accueillantes ? Puis-je tuer impunément mes voisins ou est-ce que je risque de les importuner ?... etc., etc. N'hésitez pas à vous le procurer !

NEAND'

➡ On ne pense pas que rester à la maison pour s'occuper des gosses, c'est ne rien faire ! Y'a des gens qui ont un salaire pour faire ce qu'une femme dite *au foyer* fait dans une journée : les nounous, les femmes de ménage, les taxis (A/R école et loisirs), les éducatrices (jeux de société), les secouristes (bobos), les psychologues (bobos à la tête), les couturières (doudous déchirés), les pressing (repassage), les plombiers (évier bouché), les électriciens (ampoule à changer), les menuisiers (pieds de la commode des petits à revisser), les peintres (commode des petits à repeindre), les jardiniers (feuilles à ramasser dans le jardin)... Je continue ?

NEAND'

Si elle travaillait dans une entreprise, ladite femme *au foyer* aurait au moins le droit à des pauses syndicales quotidiennes ! Et si ses compétences étaient reconnues, son CV ferait une dizaine de pages, au bas mot ! Et on ne lui reproche pas de ne pas ramener de salaire, sauf si on adooore être un **groooos abruti de néand'.** Ou alors on lui paie tous les services qu'elle rend à la famille.

Voilà, je crois que j'ai fait le tour... Bien sûr, il reste des choses à dire... Ma vie est si riche et si intense ! Mais je ne voudrais pas vous retenir trop longtemps. Je vous remercie de m'avoir lue. J'ai vécu un moment agréable que j'espère réciproque... Je n'ai pas eu trop de mal à m'adapter à votre rythme en fin de compte – vous êtes plutôt *classe* comme lectrices et lecteurs. Ceci dit, on n'a que ce qu'on mérite ! ☺

Soyez heureux.

Que vous soyez minces, gros, petits, grands... Quel que soit votre genre... Que vous veniez d'ici ou d'ailleurs... N'oubliez pas que ce sont les différences qui font que notre monde n'est pas chiant à mourir ! ☺

Je vous embrasse sur le nez mes petits crapauds, et je vous dis à bientôt !

LES BONS CONSEILS DE CENDRILLON

Mais OUIIII, vous avez bien le droit de vous acheter ce saaaac !

OK, il est un peu cher, et vous êtes dans le rouge à la banque... C'est vrai, c'est un problème ! OK, s'ajoute à cela que vous n'en avez pas une véritable utilité, étant donné que vous en possédez déjà plusieurs... Quelle mère raisonnable vous faites ! Vous n'avez plus rien à prouver !

Néanmoins, aucun d'entre eux n'est semblable à celui-là, n'est-ce pas ? Sa superbe teinte vermillon, son cuir souple, ses petits pompons... Aaaaah... Ces petits pompons ! Vous le MÉRITEZ, avec tout ce que vous faites ! C'est la moindre des choses !

Et pi' c'est de l'agneau véritable, quand les placards de la cuisine seront vides, vos enfants pourront toujours le lécher !

Vous pensez donc à tout ! Bravo ! Vous êtes la meilleure des mamans, pas de doute !

À ne pas utiliser trop souvent pour ne pas se faire repérer…

Vous voulez une nouvelle tablette ou un mobile ? Mais vous êtes à sec. Voilà, vous n'auriez jamais dû acheter le sac vermillon (je vous l'avais bien dit…) !

Fracassez votre ancien matériel, cachez-le dans le tiroir à chaussettes de votre Prince, et accusez-le de négligence :

— Décidément, tu ne ranges jamais rien correctement ! Et voilà le résultat !

Si vous êtes du genre mélodramatique, ajoutez en sanglotant :

— Tu t'arranges toujours pour gâcher ma viiiie. Je veux mouriiiir !

Mais non, ce n'est pas dégueu' ! Dans quel camp vous êtes au juste ?! C'est faire ŒUVRE DE CHARITÉ, nuance ! C'est lui donner une chance de s'améliorer. Après ça, il fera des efforts pour être soigneux et ordonné.

POURQUOUWAAA !!?

Pourquouwaaa les ados n'ont pas envie de se laver ? Sont-ils dépourvus d'odorat ? Dans ce cas, n'y a-t-il personne d'assez charitable pour leur dire qu'ils sentent le chacal ?

Et **pourquouwaaa** déploient-ils une énergie et un temps considérables à faire semblant de le faire quand on les y force ?

N'est-il pas plus simple et plus rapide de vraiment se brosser les dents plutôt que de faire couler l'eau par intermittence, de mouiller sa brosse à dents, de tartiner le lavabo de dentifrice, de compter jusqu'à 180 avant de sortir de la salle de bain et de parfumer son haleine au menthol pour faire croire qu'on l'a fait ?

Remerciements

Je remercie mes enfants chéris et mon amour de mari d'avoir fait des efforts monstrueux pour ne pas venir m'interrompre toutes les cinq minutes pendant que j'écrivais ce livre (toutes les quinze, c'était parfait !). Vous êtes des anges !

Je remercie ma sœur D.L.H, mon alter ego, qui a toujours été là pour moi.

Je remercie mon père et ma mère d'avoir fait de moi un être libre et aimant.

Je remercie mon éditrice, Zoé Laboret.

Je remercie mes lecteurs et mes lectrices de tout mon cœur.

L'auteure, Sandrine O., a été journaliste en presse écrite. Elle a 36 ans (+ 10 ans), elle chausse du 41, et son popotin rentre facilement dans du ~~46~~ 42. Elle est également l'adorable maman de quatre garçons qu'elle a eus avec le même homme (si, si ça se peut !), son Prince, dont elle est amoureuse depuis 25 ans et qui la vénère littéralement (enfin ça, c'est ce qu'elle croit !). Elle est la sixième enfant d'une famille totalement névrosée. Et elle compte parmi ses amies d'illustres inconnues : Danielle, Souhila, Framboizz, Angélique, Béa, Marie-Hélène, Sandrine, Valérie, Alyne, Camille, Sarah... dont la gentillesse et la drôlerie l'aident à avancer chaque jour (c'est surtout qu'à force de les écouter, elle se dit que sa vie n'est pas si mal en fin de compte !).

Achevé d'imprimer en avril 2021
sur les presses de la Nouvelle Imprimerie Laballery
58500 Clamecy
Numéro d'impression : 104579

Imprimé en France

La Nouvelle Imprimerie Laballery est titulaire de la marque Imprim'Vert®

dépôt légal : mai 2021
ISBN : 9782380152869